U0086190

三民叢刊 234

# 矽谷人生

夏小舟 著

三民書局 印行

# 傷逝櫻桃

夏小舟

我在矽谷的家中，就著冬夜的爐火，在讀一個百年滄桑的故事。爐火是靠瓦斯供熱的。在矽谷，我找不到像在華州小城時那隨處可見的大塊木柴。那是華州冬日霪雨連綿時一縷縷溫情的暖流，釋放在千家萬戶本應濕冷的爐前。

矽谷也有木柴的，可它一般放在超市裡，價格不菲。而在矽谷的能源危機中，瓦斯也成了需要節約的東西，但是我對外子說，當我們在風雨飄搖的冬夜捧書夜讀時，讓我們燃起爐火吧，畢竟，這是世俗人生的大快樂。我在讀一個百年滄桑的故事，或者說是一段百年歷史，因為書中的一切，都有歷史作依據。

一百年，可以創造出一個新鮮的生命，再無可奈何的看著它走向墳墓。這當然是指人生的百年而言。而對於一個城市，一處區域，百年時空的輪換，不過是紅了櫻桃，綠了芭蕉，離離原上草，一歲一枯榮的時序更替罷了。矽谷，百年前是荒原。那時，它還不叫矽谷，對於矽，這種既不能吃，又不能穿的東西，美國的先民們絲毫沒有興趣。先民們來到這兒，發現這兒陽光燦爛，土地肥沃，很適合種果樹。於是，一個個果園在山谷中出現，數年生長，便有了春的花潮，那時一到週日，舊金山的城裡人就成群結隊，來到矽谷賞花。

櫻桃是矽谷最常見的果樹，矽谷的櫻桃銷往全國。櫻桃的甜香散落在整個矽谷，果園主人的女兒們就嗅著這沁人的甜香到聖何西城裡去買新衣裙。服裝店的門面是那麼的小，嘰嘰喳喳的女兒們擠在一塊，匆匆忙忙往自己身上套上新裝。一位矽谷果農的女兒記憶中的母親形象是這樣的，母親彷彿永遠手上挽著一個籃子，籃子裡是滿滿的瑪瑙般的櫻桃，而母親的口裡總在吃著櫻桃，那甜蜜的果汁便順著嘴角流下來，母親是她的櫻桃的活廣告。

一九八八年，果農的女兒把十公頃的櫻桃園賣給了地產商，早在六十年代初，她家就開始把兩個果園賣了。在這些年裡，他們姐弟三人把從父母那兒繼承的櫻桃園一個接著一個地讓矽谷的高科技發展商購走，櫻桃不知何處去，滿眼的高科技公司成了矽谷的新風景。一九九九年九月七日，是一位矽谷果農一百歲的冥誕日，他的兒女們正巧在這一天看到隆隆的機械開進了他們的百年果園，不到十分鐘，最後殘存的一排排櫻桃樹就應聲倒下了。十六公頃的果園上將建起三百個居住單位的公寓和一個大型超市。果農的兒女們流下了熱淚，為父母百年心血澆灌的櫻桃園，不知道將來住在果園上的人們的夢中，會不會有一棵美麗而豐碩的櫻桃樹？

果農的女兒現在正為附近的學校的孩子們寫一部矽谷櫻桃園的歷史。她在她的書中講述了這樣一句話：

Life simply changes and there are very few people today who can predict what their grand children will be doing.

意思是：生活在變化，很少有人能預見到他的後代會做什麼。

讀到這兒，我的思緒隨著壁爐中藍色的火苗在起舞著，人生的悲哀也許正是因為這不可知的未來。時代總在變遷，而我們，至多只能守望百年，百年之後，誰主沉浮？

果農把他的一輩子給了櫻桃園，而果農的後代卻敵不過時代，世移則事異，他們最終選擇了拋卻櫻桃，去接過地產開發商人的厚厚的金錢。而他們的後代又會如何？就不得而知了。

中國古代的司馬遷在他的《史記・貨殖列傳》中已道破農人、農業的世代蒼涼，他說道，用貧求富，農不如工，工不如商。櫻桃園的消失，也是農人用貧求富的必然結果。在櫻桃園逐漸消失的進程中，矽谷農人和他的兒女們最直接的衝擊和覺悟竟然是把握時代的脈搏走向，獲取最大的經濟利益。六十年代在矽谷的高科技尚未形成高峰時就賣掉了櫻桃園的果農們在八十年代時已悔不當初，而堅持到本世紀末的最後一處櫻桃園卻為果園的締造者的後代贏得了最豐碩的利益。果農的後人不是為了櫻桃園春之浪漫花潮，夏之甜蜜果實而保留它，只是把它當作一個談判桌上的籌碼，該出手時才出手。漫步在矽谷那些世界聞名的高科技公司的建築物之間，我在憑弔一個個消失了的百年果園。蘋果、柑橘，當然，最多的應該是櫻桃，沒有留下一塊秦磚漢瓦，它們去了，化作春泥更護花。對於高科技的興起，它們是不是能有這樣的胸襟和氣度呢？

一夜鄉心五處同，推而廣之，那天涯海角，滾滾紅塵下的每一片早先的稻田、荷塘、柳林、桑園、果園，是否都有這樣的感懷？日暮東風怨啼鳥，落花猶是墮樓人，櫻桃不語，心，大概總是不甘的吧。畢竟，天堂有花，有草，上帝的伊甸園裡，恐怕沒有高科技，沒有萬丈紅塵，但相信會有好多、好多櫻桃園的。

所以，我思念那甜蜜多汁的顆顆櫻桃。

謹此為序

二〇〇二年七月二十八日於美國加州矽谷寓所

# 矽谷人生

# 目次



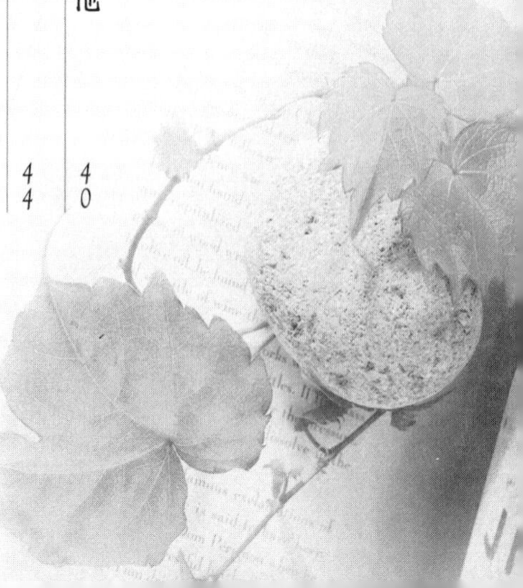

## 輯二　千面人生

## 輯三　夏園小札

# 輯一　家在矽谷

# 服飾之思

我是一個對服飾漫不經心的女人，牛仔褲不留心買大了一號，空蕩蕩地束在腰間，顯得吊兒郎當。如果年輕，是那浪漫天真的「踢泥腳」（Teen-ager）倒是時髦的風景，而對於我這樣年紀的女人就有些不著邊際了。

古人是不允許在服飾上吊兒郎當的。

古代禮儀之中，服飾本是重要的內容之一，不肯馬虎的。《周禮》中就有「辨其名物，與其用事，設其服飾」之說。

宋代著名文人中，蘇東坡大概算是講究服飾的，他總穿著合體、光鮮、所費不菲的服飾。他對衣食住行都有追求精緻的品味，在密州任職，他「錦帽貂裘」，神氣活現。在杭州任職，他帶著眾人在西湖上夜遊，歌女們很為衣冠楚楚的東坡側目。晚年受政治傾軋，流落嶺南，他也勤沐浴、慎著衣，在服飾上不肯馬虎。

王安石在宋代文人中是個異數，他是一個對服飾最不用心的人。蘇東坡的父親蘇洵寫了〈辨姦論〉一文，矛頭顯然是對準王安石的，這篇頗有爭議的佳作是否真是蘇洵所作尚有疑問，但其中指責王安石不講服飾，「衣臣虜之衣」可謂姦人，則代表了當時的社會風尚。那時有一點社會地位的人都很講究服飾，王安石貴為宰相卻衣冠不整，在宋人眼中是不可原諒的。

後來的文人倒多學習王安石不講究服飾了。魯迅先生穿著一身舊棉袍子，在以衣飾來衡量人的貧富貴賤的大上海穿來往去，吃了油條就順手往棉袍子上一擦了事，所以我推斷他跟當年的王安石多少有些相通之處，都是超俗的人。

魯迅在他的雜文小品中經常提到上海人的勢利眼，他們慣於以服飾來判斷一個人的社會地位，對西裝革履者予以禮遇，對魯迅那樣不修邊幅的人則給予白眼。名作家張愛玲說到底是個上海女人，她一生中對服飾的注重很令人難忘，她會剪裁，精心裝飾自己，直到年老色衰，她依然維持了自己對服飾的清雅品味。

日本人大概是東方國家中最講究服飾的民族了。舉國上下，無論貧富、貴賤，都要有幾套好服飾。我的教授算是喜歡和世俗對著幹的人，一套破舊的西裝、一條揉得成菜乾似的領帶就敢上講臺。可他還是得穿西裝、打領帶，這是大格局，無人敢破壞的。

當年，我曾在日本一家火鍋店打工，廚房裡油煙升騰，大師傅、小跑堂的一律汗流浹背，客人們大概很少能到廚房裡來，可是老闆依然不允許人們在廚房中衣冠不整；而那些在灶火前揮汗如雨的師傅們也從來不與人肉袒相見，他們覺得衣飾整齊代表了他們做人的尊嚴。

公司的社長一定衣冠楚楚，皇室人員的服飾絕對要顯得高貴，日本人把服飾當做他們人生用以示人的保護色、擋箭牌。儘管他在世間混得很不如意，一套得體的、製作精良的西裝就替他把一切掩蓋起來了。你能說，服飾之事不是悠悠大事嗎？

所以，我在日本的時候，每月的收入有很大一部分用於服飾。就連我這個對服飾最漫不經心的女人，在日本那樣全民講穿的國度裡，也穿得光亮，不敢馬虎。以致丈夫在婚後曾悄悄告訴我，他之所以下決心娶我，多多少少和我那條飄飄若仙的花裙子有關，三分人材、七分打扮嘛！

來到美國，我發現與東方社會最大的差別也許不是它的自由民主，而是它的「不以衣取人」。人人一件大T恤、一條大短褲、一雙大球鞋構成了這個國家的流行色。西裝、領帶原是西方的發明和產物，它傳到東方後成為上流社會的裝飾、文明和地位的象徵。

穿短衫的是打工的，阿Q就只配穿夏布做的短衫，而魯四老爺就有資格穿長衫，至於留過洋的假洋鬼子在鄉下人眼中最令人驚心動魄的就是他穿西裝，又叫洋裝，打領帶把脖子圍得水洩不通，一雙硬底皮鞋咯咯地響，手上是一根文明棍，也就是阿Q叫做哭喪棒的。

西裝和短衫在美國的地位反倒過來了，開出租車的有時倒西裝革履，拉著一身短打扮的富家大少。賣房子的經紀人比買房子的殷實人穿得更鮮亮，餐館的侍者又要穿西裝、打領帶去侍候穿著不整的食客。

對名牌的追逐遠不如東方那麼如痴如狂，沒有流行色，你愛穿什麼就穿什麼，愛怎麼穿就怎麼穿，西裝、領帶一年用不上幾次，放在衣櫥中賦閒。女人穿著太正式、太漂亮反而不知所措。我有一次去參加美國朋友的家庭聚會，倒為自己講究的服飾很不好意思。站在一群打扮隨意的人中間，太正式的我很想能立刻換下隆重的時裝，像大家一樣隨隨便便。

可是，有一次我的中國女友非常鄭重而傷感地告訴我，她發現由於人種、膚色的區別，老美可以一雙大球鞋、一件T恤就雄赳赳、氣昂昂了，而東方人卻非要隆重講究的服飾才能被托起形象來。我們有先天的不足，所以需要硬邦邦的西裝、領帶以壯聲色，需要高跟鞋拔高我們的女人，需要美麗的服飾來突顯平板的面孔。一個穿西裝、打領帶的東方男人才能與不修邊幅的美國男人打個平手。

我不知女友的理論對不對？

我的父母一輩子很注意他們的儀表，父親出門一定要對鏡正衣、撫平頭髮，尤其是在給學生上課更是衣不整不出門。而我這個在衣著上馬馬虎虎的女兒不知聽過他們多少次勸告和提醒了，所以，當我一踏上美國的土地，我內心最大的鬆弛竟是我在東方不得不講究的服飾可以拋卻不理了，一雙球鞋、一件T恤給我帶來的自由輕鬆遠比高深莫測的所謂人權自由使我興奮。

棄我舊時裝，著我隨意袍，不管怎麼說，我是喜歡我眼下這種隨隨便便的裝扮的。

也許，對於我這樣的女人來說，這也是一個人生的解脫吧！

# 我是矽谷新鮮人

外子家聲和我一樣，也有新鮮好奇的性格。兩個血液中充溢著跳躍流動基因的男人和女人結合在一塊，注定要有流動的人生。

他一天下班歸來，忽然跑去家中後院的蘋果樹下憐愛地採下一個映著晚霞、顯得粉嘟嘟的蘋果，跑進屋裡，他說今年你還曬蘋果乾嗎？我說那要看蘋果收穫情況，吃不了當然要曬呀！他說你要曬的，我們要帶大包大包的蘋果乾到矽谷去，而我們帶不走蘋果樹。

說這話的下一個月，他果然在行李中放入了一包蘋果乾，乘飛機去矽谷一家高科技公司上班了。那包果乾是去年曬的，他說當他把蘋果乾拿出來放到公司為他租下的公寓中那一個泛著陌生氣息的冰箱中時，他好想好想華盛頓州翠綠的家和家中那個年年碩果纍纍的蘋果園。

又過了一個月，我也來到了矽谷。

第一個感覺是我們從華州的中產階級變成了窮人，至少跟窮沾上了邊。這使我最初的日子充滿了沮喪。

一間一居室的公寓要租二千二百元以上美金。一幢三、四十年的房子還被視為青壯年房齡，東歪西倒的居然要賣六十多萬美金。朋友用七十萬美金買了一幢遍地漏水的房子，不到三個月，房子升值到九十萬，她一則以喜，一則以憂，喜是發了大財，憂是如果賣了此房，再買別的房子還不是一樣貴，況且房子市價火箭般向上衝，房地產稅也就不堪重負了。

人人都財大氣粗，一幢房子上市，平均賣出週期是三至五天！一幢標價五十萬的房子有四十多人搶，於是如同拍賣喊價，直到八、九十萬，屋主才肯接受出價最高的那個買主。

所有的公寓一律爆滿，因公司給我們兩個月免費公寓，時間一過，就必須搬出，買房太貴不說，還要一下交出十多萬現款，而租房呢，又處處碰壁。家聲有一天在公司唉聲嘆氣，同事們告訴他一條妙計，據說有不少人實施過，就是住在自己的汽車裡！把車停在公司的停車場，到外面的餐館吃飯，到公司洗浴。白天到公司上班不用塞車，矽谷的交通阻塞也許是世界之最，可以睡到上班前十多分鐘才悠悠而起。安全自然不用操心，公司的保安人員隨叫隨到。家聲一聽滿心歡喜，覺得的確可以奉而行之。

傍晚在矽谷開車閒逛，方圓十多里的地方居然有七、八百家世界一流公司。有時晚上十點了還見公司燈火通明，這才知道矽谷不眠夜所言非虛。

大家都說這兒不怕失業，A公司裁人，B公司會來請君高就。大家跳來跳去，沒有一個是忠臣。朋友說她丈夫換公司比換襯衣還快，以致她都懶得記丈夫究竟在哪個公司上班，反正孫悟空跳不出如來佛手心，跳來跳去都在矽谷這一塊上帝垂青之地。

中國人如此之多，令我恍恍然還以為回到了故鄉，當然一切都很洋涇浜，王志強成了托尼王，李金花成了珍妮李。買舊屋時不必用心去推測原屋主究竟是個什麼人，端看那門庭上一個大紅福字倒貼著就知道屋主和我一樣是老中。

印度人踱著方步，包著頭巾，大鬍子在尖尖的下巴上神采飛舞。據說印度人最會搞電腦軟體、網路，矽谷少了他們也許要塌一方天。

墨西哥人收入不高卻樂樂哈哈，他們也許不懂高科技，卻懂得幫高科技才子們收收撿撿。聽說離了他們，矽谷的清潔工作將無人來做，恐怕也要像高科技公司在世界範圍內招攬人才一樣發出救援令來。

在矽谷，我不知道怎樣定位我們的經濟收入，廣告上今天說好好幹，挑戰年薪十萬。明天又說拼命幹，你將有年薪二十萬。正渾身上上下下熱血沸騰時，郵差塞進來一張招工廣告，時薪只有七塊半。

滿街奔跑的豪華車，開車的竟是一個楞頭楞腦的青少年。正感慨這矽谷實在太富裕，對面卻走來一群流浪漢。

只見那山上豪宅氣勢非凡，佔天佔地，金錢買下良辰美景，卻不見山下矮屋破房層層疊疊，不知此處是何處，還以為到了難民區。

我這矽谷新鮮人，就這樣開始了我們在矽谷的新人生。我看這矽谷真是個迷離撲朔之地，「道是梨花不是，道是杏花不是。白白與紅紅，別是東風情味。曾記，曾記，人在武陵微醉。」

道不清時亦要道，這正是新鮮人的本性吧！

# 大隱隱於市

從華盛頓州的小城搬到加州熱鬧喧騰的矽谷已經兩個多月了。那天偶爾又翻出在華州的家的照片，它如今已賣給了一對年輕的白人夫妻。朋友代我去看過了，說是外甥打燈籠——照舅（照舊），那新主人依然在大格局上保持了我們布置房間的樣子。我聽了，多多少少有些安慰。

據說人與地是有因緣的。

像冰島那樣的地方，一年四季氣候惡劣，無青山綠水、鮮花芳草，有的人卻一住一輩子，甚至子孫後代也不願搬開。沒有人強迫他們，那就是一段今生今世的緣分了。

外子說他與德州就無緣分，曾經到德州面試找了好多次工作，總是高不成，低不就。就連每次在德州坐飛機，也不是延誤就是根本起飛不了，所以他認定他去不了也不想去德州。

加州就不同了，每次來，風和日麗，朋友又多，大概是與加州有緣，終於住在加州了。

宋代的蘇東坡和王安石在政治上各執一端，但在個人私交上並不會水火不容。王安石曾勸蘇東坡在南京附近買屋定居，蘇東坡卻東飄西蕩，後來兩人在金陵面晤，蘇東坡看到金陵好山好水，自己卻無緣居此，不禁感慨道，「從君已覺十年遲」。的確，有些人與地的緣分，是會時過而境遷的。

張愛玲一生居住在大都市，她是聽不見大都市的市聲就心不安、無法入睡的女人。她說她不喜歡小城市，覺得小城市悶人，如一池死水。她寧願忍受大都市的喧鬧而無法享受小城市的清靜。儘管她一生都與大都市有緣，卻做了個大都市中的隱身人；一個最不喜歡社交、甚至連與人見面都嫌煩的女人，卻一生固執地選擇了都市。這看起來似乎矛盾，實際上卻與她的孤傲個性吻合。古人早就說了，大隱隱於市。

古代的隱士大都遁入山林，徹底切斷了他們與城市的聯繫。亂世以及每一王朝將盡的轉折點，都會出現一大批隱士。他們大都是無奈的，而大隱隱於市，是隱士中的佼佼者，是一種更高的境界吧。

曾在加州和奧瑞崗州邊境漫長而略覺憂鬱的起伏山林中看見不少西方的隱士。一座只露出尖尖屋頂的舊房子，購買生活用品也要開上一個多鐘頭的汽車。門前的小路散落著紛紛揚揚的蘋果花，鐵皮的車庫堆著陳年的大塊松木柴以便冬天生火。郵箱門上絕不用鎖；這兒只有隱士一個人，至多是一家人。

冬陽懶懶地照著，秋雨獨自飄灑，春花秋月靜默無言，燈影迷濛，犬聲可聞。天偏偏黑得早，在這種鄉野地方。我們早早找到一幢林中旅館夜宿。旅館是用方石一塊一塊疊起來的，上面長滿青苔，床是木床，木頭古樸，但畢竟老舊，渾身快散了。突然覺得寂寞，心裡反而爬滿了欲望。想念長街上的燈和燈下的車水馬龍，覺得幸好我還不是一個隱士。

倒是習慣和喜愛小城的日子，鬧中取靜，離大城開車二十分鐘便是。看來，居住在小城倒應了蘇東坡的一句詩，不成大隱成小隱，小隱於我足矣。

初到矽谷，覺得這兒實在太熱鬧了。就像我早已不習慣東方的喧騰，心倒如同那時在加州和奧瑞崗州際般的荒涼起來。總在心裡抱怨找不到我的定位，書房的書桌無論怎麼擺都對著人家的窗戶或屋頂，哪裡還能如在小城時對著那一片高及腰際的萋萋芳草！

但漸漸也就習慣了。隨著天氣一天天涼爽起來，心中的躁動被秋撫平了，開始靜下心來翻翻書，寫寫東西。

飛機一架又一架在矽谷上空飛過，地面上的汽車長龍堵塞，像車胎突然洩氣般，一動不動。到處貼著招工的廣告，住宅區白天只有老人和孩子。夜來得慢，晚上十一、二點了，市聲依舊，而我開始跟上這都市的節拍，只是心如止水，波浪不興。

朋友說，這就是大隱隱於市了。

# 流轉的人生

因外子家聲換工作到加州矽谷，行色匆匆，他辭去這邊的工作，立即飛赴新公司上班，留下諸多雜事要我處理。知我記性不好，他便用電腦打出長長一串待辦事物，貼在冰箱醒目處，我走過去一看，頓覺任重道遠，賣房、賣車、搬家托運……

蘇東坡一生中不知搬過多少次家，他的家當大，人口又多，浩浩蕩蕩幾十口人。或舟行，或以驢馬代步，總是一件辛苦事兒。宋代流落嶺南的元祐黨人，往往不堪路途顛沛流離、風霜雨露之侵，不待到達貶謫地就一命嗚呼，這當然是人生朝下走的終曲。而人生的許多搬遷，是為了生活的更美好，心甘情願的輾轉奔波，不過其中付出的代價，恐怕也是不小的。

魯迅先生的小說〈故鄉〉中描寫他回到闊別三十餘年的故鄉搬家，把母親接到北京的情景，「我的母親很高興，但也藏著許多淒涼的神情，教我坐下，歇息，喝茶，且不談搬家的事……但我們終於談到搬家的事，我說外間的寓所已經租定了，又買了幾件家具，此須將家裡所有的木器賣去，再去添增。母親也說好，而且行李也略已齊集，木器不便搬運的，也小半賣去了，只是收不起錢來。」

魯迅先生在描寫搬家的紛亂中，引出了自己的少年朋友閏土的故事，也用寥寥數語描述了豆腐西施楊二嫂的趁亂打劫，「迅哥兒，你闊了，搬動又笨重，你還要什麼這些破爛木器，讓我拿去吧，我們小戶人家用得著。」魯迅不置可否，那豆腐西施就氣了，「阿呀阿呀，真是越有錢，便越是一毫不肯放鬆，越是一毫不肯放鬆，便越有錢。」豆腐西施一面絮絮地說，順手將魯迅母親的一副手套塞在褲腰裡，出去了。

搬家總是要丟些什麼的，丟的是對老屋的依依不捨之情，丟的是搬動不便，而到新地新居又一定要用的東西，有的是自我捨棄，也有豆腐西施般的打劫。當然還有對親朋好友的藉機回報，像魯迅先生對閏土，「閏土出去了，母親和我都嘆息他的景況，多子、饑荒、苛稅、兵、匪、官、紳，都苦得他像一個木偶人了。母親對我說，凡是不必搬走的東西，儘可以送他，可以聽他自己去揀擇。」通過搬家中的捨棄，魯迅終於把他對窮苦農民的同情和支持表達出來，也算是他的小小心意。

家聲的新公司將承擔搬家的費用，可是矽谷房子已是天價，貴得沒有道理，我們只好租公寓而居。而目前住的是大房子，從大往小搬，必須把不該留下的大件物品和一些可留可不留的東西處理掉，於是我先辦了個Yard Sale。

週五下午就把牌子掛了出去，一連賣了三天，基本上是半送半賣。一部割草機只要二十塊錢，乒乓球桌、走步機都已給了朋友。室內植物通通一塊錢一盆，其餘小物件用汽車載去救世軍去濟貧。三天下來，覺得心裡七上八下，有些輕鬆，又有些沉重。

坐在一天比一天空蕩的家中，暮色中又飛來幾隻熟識的小藍鳥，牠們習慣在傍晚來我家院子中高高聳立的鳥屋吃小米粒，如今那鳥屋也送給了朋友，我走到院子裡，心想不知鳥兒是否聽得懂人類的話語：我真想告訴牠們我將遷移，人類也像鳥兒會有流轉的天地，流轉的人生。

接下來是賣房子。公司幫我們指定了一位名叫托尼的經紀人，他專門幫高科技公司人員調動賣房子。托尼的哲學不多，但很精闢。他說你只要肯在價格上讓步就能順利賣出房子，所以他一上來就幫我們把價壓了一萬多元，以便盡快出手。托尼倒很積極，常帶客人來看房，不過我們這裡的新房鋪天蓋地，房地產市場不漲反降。朋友早去加州工作了一兩年了，太太留在此地賣房子，降了兩次價依然無人問津。就連出租也不那麼容易，公寓空房很多，肯花錢租房子的人能有幾人呢？我對家聲說，我們這次注定在房子上要賠了，他說人生有時就要賠，現在顧不得這許多了，他倒很喜歡他的新工作，說有挑戰性。父母知道安慰我說，只要他工作順心，別的都無關緊要的。

記憶中搬家最頻繁的是在日本福岡居住的時候，有時每一兩個月就要搬一次家，可那時除了書幾乎一無所有，現在還記得和小妹一同搬家的情景，搬著搬著就一屁股坐下了，各人捧一本書看起來。風颳起來，把一地的書吹得嘩嘩的響，小妹的書都是日文書，我的大都是中文的。我唸著清人的詩句，「清風不識字，何必亂翻書。」小妹笑著把我的中文書連忙放下，她的中文實在沒日文精通。

這次搬家，我對家聲說我們一定要保住我們的書，他說那當然，沒有地方放，我們可以租個庫房。書是我們流轉人生中永恆的伴侶，我們捨不下的。

每一次搬家其實也是人生的新起點，是捨棄也是獲取。家聲交待我給蘋果樹打枝，這是我每年春天必做的事情，把多餘的花朵摘去，讓養分充分地灌注在剩下的花朵上，以求結出碩果。相信我們會留給房子的新主人一個蘋果豐收的美好秋天。

# 鬼屋和謊言

## 一

家聲的公司給我買了飛機票，叫我到矽谷看房子。公司說可以給一些買房子的手續費，幫我們盡快在矽谷買房安家。如果逾期不買，這筆費用就不給了。

我於是飛去加州。平日我自己看，週末和家聲一塊看，越看越灰心。同樣是美國，矽谷的房價比我們那貴了五六倍；而薪水呢，高得出五六倍嗎？當然不可能了。

有一次在報紙上看到一幢房，價格適中，我立即約了我們的經紀人前往。

一看我就非常滿意。那房子刷著淡淡的淺綠色，窗帘是木片製的，在德州常見，顯得很古樸厚重。有兩個大大的主人房，特別是它的廚房是楓樹木的廚櫃，大理石面。房子面積也很大，而以它的面積、質量，在我所看過的房子中價格算是合理的，聽說已降價兩次了。

我立即自己決定拍板定下，家聲說真有那麼好嗎？他有點不放心。

我一口認定好，並決定立即回華州取錢定約。經紀人一再催促我快一點，他說這樣的房子的確很不錯，機會稍縱即逝，要立即下定約才不會被別人搶走。

讀者愛麗絲要來矽谷找我玩，我告訴她這房子的事，並說我要立即飛回華州取錢，這兒我們還沒有銀行關係，等我從華州回來後再請她來玩。

她說，妳不必回華州，我可以先借給妳。我馬上跟我先生說一下，明天就開車把你需要的定金送過去。多好的讀者愛麗絲呀，她怕我回華州時人家把房子搶走了。

正準備定約，接到一位久居矽谷的文友打的電話，她說，小舟妳對矽谷根本不了解，房價現在這麼高，如此重大的事要三思而行，至少要聽聽朋友的意見。

當天晚上七點多鐘，我們約了兩個朋友和經紀人再次前往看房子，對方的經紀人說主人一家正在聖地牙哥度假，房子一直是空著的，隨時可以去看。

朋友和家聲一進去，就說屋中氣氛怪異，首先整個屋子用的是淡綠色和墨黑色彩，上面貼著金色的貼紙。家聲還特地指出兩個主人房其實是兩個女人各據一間，因全是女人用品，根本就無男士用具。

我們剛從三樓下來，拐出樓梯，見一又瘦又高的白人女子赤腳站在一樓客廳裡。暮色中，她的表情很淡定。我們嚇了一跳，後來回到家中，家聲硬說那是女鬼不是凡人。

「妳看她赤著足，門口又沒有鞋，也沒聽見汽車聲音，她從哪兒進來的？矽谷房子上市就搶，這間房子兩次降價，別人又不是傻瓜，我看這屋不能買，買了我也不去住！」家聲唸唸叨叨，臉色很白，他自稱是被那女人嚇了一跳。

同行的朋友說鬼屋他倒沒想到，但懷疑是同性戀的屋子，因色彩很怪。

愛麗絲提醒我說在大陸只有醫院才抹成淡綠色，這房子色彩不祥。

黃美之大姊打電話問房子買得怎樣？我說了家聲的感覺，美之大姊說，那小舟妳不要堅持了。家聲告訴美之大姊說，他從不信鬼，但覺得那女人實在是鬼。家聲說那女人講了一大堆話，同去的人沒一個能回憶起她講的話，而她說的肯定是英文，家聲和朋友的英文也還不錯，怎會聽不懂？不是鬼又是什麼？美之大姊說連她聽了也害怕了，這屋絕對不要買。

只是經紀人跟我講了他的心裡話，他說，妳丈夫才是鬼靈精怪的呢；妳看我帶妳看了多少房，哪間房他都講東講西，害我們買不成。妳不是說妳丈夫不愛管小事，為什麼他總看出常人看不到的問題，這不是存心搗亂嗎？

我不知經紀人和家聲誰講得有道理，不過經紀人是生意人，我當然不能不信家聲反信他。

我們沒買成屋，我回到華州不久，矽谷的房價就沒那麼熱了，不知鬼屋還在市場上遊蕩否？

八月份我來到矽谷，看見那房子已住了人，房主是一個白人老太太，她正在門前澆花草，鬼屋看來明亮了許多，可家聲說老人笑得好怪。

## 二

在矽谷時，每逢週末，必和家聲一同去看房子(open house)。

有一次，行至苗必達市的一個社區，見有一幢房子正在出售，四居室兩浴，倒還實用，價錢五十多萬，已有二十年房齡了。如果在華州小城，這幢房子至多賣十四、五萬，可在矽谷，還算便宜哪！

我們走進去，見一女經紀人笑盈盈地站在屋中，這女人三十上下，穿著及膝的裙子，濃妝艷抹，嘴巴像抹了蜜，而且調了油，又甜又滑溜。

從我們一進屋，她就緊緊尾追，一雙眼睛把我和家聲從上到下打量個沒完沒了。

女人是越南人，屋主看來也是。

我對女人說，屋主是什麼人？為什麼要賣這幢房子呀？

在矽谷，每次我這樣問時，聽到的回答永遠千篇一律：

「主人公司的股票漲了好多好多倍，他們要換更大的房子！」

說著，經紀人一臉羨慕，充滿驕傲。驕傲完了掃我一眼，使我陡生自卑感。我們的股票跌了好多好多倍，只好來買小房子。我覺得經紀人心中這樣想我。

這個女人卻給我講了一個好美好美的故事。

屋主是一對夫妻。他們在史丹佛大學是同學，大學時代就開始由父母購下這房子，兩人同居。工作後結婚，男的是工程師，女的也是。由於只有兩人住了二十多年，所以房子保持得很好。後來，男的自己開公司發了大財，卻捨不下這間房子，認為它風水好。不料二十年不孕的女主人忽然懷孕生了小孩，還是男孩呢！他們只好去找間更大的房子……

我聽了故事，對這房子很有興趣。家聲扯了我一把，說，再看看，再看看，第一次看的房子不要買，回去想想吧！

又過了一週，女友的丈夫也從小城來矽谷面試，公司安排了一女經紀人帶女友看房子，女友就把我帶去一塊兒看。

我對女友說，苗必達有一幢房子很合我意，那房子還有故事呢，要不要去看看？她說好。我們便和經紀人講了地址，她驅車前往。

那天是週一，女經紀人開鎖而入。我赫然發現兩位老人在家，他們正在廚房忙著，並說等會兒孫子、孫女放學要回來吃飯。

我驚問，你們家有多少人口呀！

一共七口人，孩子上學，他們的父母都是工人，我們兩個老的照顧家。

退出來，我倒不是嫌屋主人口多，又是下層勞工，只是那女人為何要編一個那麼美好的故事呢？

回來忙跟家聲說起此事，他神祕一笑，說，我早知道那女人扯謊，騙妳哪！

「咦，你是怎麼會曉得……」

工程師家還能沒有新電腦，沒有一架子科學雜誌？我早就心知肚明了。說沒小孩子，櫃子裡那麼多小孩衣服，妳是個糊塗女人，我懶得說穿，反正我不會買那房子。

唉！那女人真會編故事呀！我想。

# 鄰家有狗

我家住華盛頓州的小城時，左右鄰居都是美國白人，一律以英文問好、寒暄。他們大都是養狗的人家，狗有專門的房子，傍晚要出來蹓狗。

鄰家有狗，卻幾乎沒有聽見狗叫。據說狗一叫，就會受罰，比如帶上有電震作用的項圈，讓牠很不舒服。也常聽主人訓狗，要牠們保持安靜。

所以，我以為狗會咬人，並不會擾人清夢，狗只要躲著牠，以免被牠傷害就好了，沒想到搬到加州矽谷後，對狗卻有了新的認識。

我們居住的小區，十家就有九家是東方面孔，或者說是中國人，這些中國芳鄰見面從不打招呼，視而不見，揚長而過。我想這大概是語言問題，大家不知道是用英語呢還是用國語。總之，是老死不相往來，比過去與美國白人為鄰更加各自為政。

住了兩個月，常從夢中被狗叫聲驚醒。再後來便發現我簡直不能出門，因我家正門斜對鄰家的院子，院子中有一條碩大的洋狗，日夜吼叫。

我們出門牠叫，回來當然叫。連我從窗子中偶一露臉，牠立即大叫。天上飛機來了叫，鳥飛過叫，人來人往叫。我忽然在想，我家前主人把這房子賣掉，既不是換工作，也不是搬往外州，莫不是和這討厭的狗叫有關聯？

朋友來過的都被牠叫得心驚肉跳，因為見生人牠叫得聲震耳膜，如臨大敵，並用爪子拚命抓籬墻，只聽陣陣撲叫聲，怎不叫人害怕呢？

而狗的主人此刻正在家中，不光不阻止，還躲在窗簾背後向外窺看。

白天還好，一到晚上夜深人靜，牠的叫聲好多次把我從床上喚醒，慌慌忙忙從二樓跑下來察看動靜，還以為是有壞人，狗才狂叫示警，幾次後知這狗的脾性，不再爬起，只是無端被牠吵醒，又無法入睡，心裡很不痛快。

這使我想起華州小城的狗和他們的主人，養狗而對狗有約束，有責任心，他們才是有道德的愛狗人。

而我們這家芳鄰，與我們同文同種，卻不考慮別人的心情，可能在他家人耳中，自己家的狗叫得越大聲越有安全感、優越感。

想起數年前在美國一家發行量很廣的中文報紙上曾登出一篇中國人寫的文章，他說他家的狗叫，居然被老美鄰居用錄音機錄了下來，並去法庭控告他，這位作者很不以為然，言下之意是老美多事。他不知道，美國人雖然非常愛狗，可是他們對狗是有管束的。狗叫擾人，是侵犯了別人的利益，理應受到批評。

我們的美國友人來我家，被鄰家的狗叫吵得很煩，他們回家後立即給了我一個電話號碼，並說這個電話號碼是印在電話本上，人人可以打的政府電話，叫做動物管理電話，任何對動物，主要是針對狗的不滿可以由此電話得到解決。接到電話後，政府有關部門會與狗的主人聯繫，要他採取措施，把自家的狗管理妥當。

我真的打了，也得到了管理人員的答覆，原來抱怨的人並不僅僅是我，他說他們會採取一些措施，並說下次狗深夜無端叫嚷時可以立即撥警察的電話，警察一定會前去處理。狗叫原來還可以勞警察大駕，這我還是第一次知道呢！

大概在美國人心中，養狗、愛狗，更重要的是管教好狗，不給別人和社會帶來不良影響是一個好公民的社會責任吧！

# 隨遇便是安

外子說來說去是個血氣方剛的人，儘管人到中年，卻把青春歲月的躁動和激進一同帶進中年的行旅裡。去年我離開美國一個多月中，他竟換了工作，離開素樸、默靜的美西小城，他說住了五、六年，有些倦了，換到加州的矽谷。從此，我的日子便隨著這次搬家而大大變動起來。

首先，矽谷的房價是世界上最貴的一類，這一點已有人統計過。我們賣掉小城的住宅，東湊西挪，親朋相助，這才買下一幢半獨立式的小洋房。

因矽谷買房又叫搶房，一幢房子上市往往有好多個買主一同搶，我們別無選擇，走進這房子，幾乎只逗留了三、四分鐘便決定買下它來，順利擊敗其他競爭者後，我們在半個月後搬進了這幢房子。

那天，外子去上班，我留在家中接收從華盛頓州搬運過來的行李，浩浩蕩蕩裝了好多個大紙箱子，搬運公司的人每交給我一件行李就大聲和我對一下箱子上的號碼，以免弄錯，他唸，我記。突然，他幾乎是伏在我耳邊叫道：「太太，你這幢房子吵得很呀！我的耳膜都受不了啦！」

我立即扔下手中的筆，也覺得耳朵在隱隱作痛，我倆不約而同地東張西望，緊張的尋找噪音的來源。

「呵！飛機，三架，又來了一架……」他說，指著那碧藍如洗的萬里晴空。

「是在航道上呢！」對面經過的一個美國人告訴我們說，這窄窄的矽谷緊靠三個飛機場，飛機日夜不停地飛來飛去，四周又多山，聲音出不去，而我們這又緊靠航道……

我嚇出了一身冷汗，花這麼多錢買了一幢日夜聽飛機轟鳴的房子，如何是好？

我立即進房給外子打電話，告訴他這一壞消息，他聽了一楞，說，那只好忍了，剛買下的房子怎麼能賣？

是呵，房子可是一生中買賣不了多少次的大商品哪！本該千挑萬選，看了又看，可我們卻在這矽谷特定的狀況下匆匆決定，記得搶到這幢房子時，朋友們都祝賀我們，紛紛說，好運氣呀！

晚上住進房子裡，正是美國的勞工節，放假。而飛機不光不放假，還加班趕飛，我無論在家中任何一間房、任何一個角落，都受到噪音的追逐，覺得它切割著我的神經，擠壓著我的呼吸，吞噬著我的細胞，使我弱不堪言，奄奄一息。

小城的家多好，家中後院的那蘋果園，可以聽見蘋果落在草地上的聲音，聽見遠方飛來的布穀鳥的歌唱。蘋果園後面是一片秋草淒迷的荒原，一條彎曲的小徑伸向密密的白樺林，「遠芳侵古道，晴翠接荒城，又送王孫去，萋萋滿別情。」

那幾天，我悶悶不樂，新屋在我心中反而成了一個解不開的結，我不停地跟朋友講飛機、講噪音，好像全世界在我心中只有這一件事了。

我把窗戶緊閉，又買來厚厚的隔音紙貼在窗戶上。一雙耳朵像驚覺的獵犬，只要飛機一遠去，我的心就一陣釋然，接著又開始等待下一次聲浪。周而復始，累得要命。

我出去購物、辦事，覺得走到哪兒都逃不掉飛機，它跟著我，跟得那麼殷勤。

朋友們來了，也開始在我的提醒下注意到那該死的飛機噪音。有一位朋友甚至回到家還覺得有噪音，她朝藍天一看，只見一架飛機正拖著一條長長的白絲似的尾巴在屋頂上飛過，她說在那屋子住了七、八年了，才發現自己家也在飛機噪音的控制之下。她說，我該謝你還是罵你？不管怎樣，她也像我似的浮躁起來……

怎麼辦？我真不知怎麼辦。

外子和我一樣也開始被噪音圍繞。那天，我們正吃著晚飯，三架飛機穿梭而過，現在我已知道了它們的來龍去脈，有從舊金山機場來的，有從聖荷西機場來的、奧克蘭機場來的，那種頭尖尖的是附近的美軍軍機，它們在矽谷的上空飛來飛去，也許並不想擾民，卻又別無選擇。

外子和我都不約而同地放下碗筷，外子說這樣下去不行，首先我們看能夠具體的做些什麼？抗議？看來行不通。搬離，談何容易。加強隔音，已做過了。我們現在唯一可做的是精神、心智方面的努力，也就是說隨遇而安。

於是，我們不再去想飛機的事，每當噪音襲來時，我們就大聲談些令我們開心哈哈大笑的事。我們又聽從朋友的建議，以聲治聲，安了一個電動人造流水在家中，嘩啦嘩啦的，蓋過了飛機的聲音。我們學著心靜，入定，去淡化外面世界的干擾，保持內心的平靜。

要環境適應人難，而人適應環境易。大隱隱於市，正是在這紛亂嘈雜的俗世中，我找到了心靈中的清靜天地。

隨遇而安，隨遇就是安呀！

現在我再也聽不見飛機聲了，有人說改了航道，也有人說是我如今充耳不聞，總之，我心寧靜，靜如止水……

# 邊境偶思

我和家聲酷愛開車長途旅行，常常說走就走，車庫門一開，把一箱飲料、幾箱餅乾朝車裡一扔，就上路了。

我們住小城時，家門口就是五號公路。家聲告訴我這五號公路途經華盛頓州、奧瑞崗州和加州。它的最南端是聖地牙哥和墨西哥交界處，它的最北端則是加拿大的名城溫哥華。

臨來加州時，我們從華州小城溫哥華驅車沿著五號公路一直開，大概開了五個多鐘頭便到了加拿大的溫哥華。

美加邊境上有花園和雕塑，從美國進入加拿大不要任何簽證，只需亮出綠卡或美國護照就可以大搖大擺，長驅直入，加拿大的邊防檢查很鬆。

五號公路在入境口前宣告終止，進入加拿大的溫哥華，感覺一切都跟美國差不了多少，只是人們悠閒一些，態度較親切，東西比美國貴，看得出經濟水平要比美國低。

從美國進入加拿大在邊境上幾乎不必停留，非常快速和方便。可從加拿大進入美國就麻煩多了。

想進入美國的汽車排起長隊，如果碰上節假日就更可怕，常常要排好多個鐘頭。人人要接受美國這邊的詳細檢查，不光檢查證件，還要把汽車後蓋都掀開，有時還要鑽到汽車底巡視一番。

因為等的時間太長，有加拿大的小販在汽車中穿來穿去，賣水，賣麵包，一瓶水要賣得比市價高不少。

也有人等得不耐煩，鑽出汽車到邊境處看海景，可只能輪流看看，因汽車幾乎是一寸寸往前移進，人們百般無奈的看著旁邊的汽車飛快如梭地從美國開入加拿大境內。倒有些感到不平等，好像美國這邊風景獨好，人們只好排長隊耐心等候。

有些加拿大老人很想開車到美國這邊玩玩，可實在受不了入境汽車排長隊之苦。也有人看見入境口排長隊而掉頭就走，改變了入境美國的計畫。

和一位加拿大人聊起此事，他說沒有辦法呀，美國比加拿大闊，比加拿大強大，和這種強國做鄰居，不受點委曲行嗎？你不知道五號公路的那一頭更可怕，美國和墨西哥邊境那才叫不平等邊境呢！

今年元旦新年，我和家聲決定利用假期，從加州的聖荷西沿著五號公路一直朝南開，途經洛杉磯、聖地牙哥，一直進入墨西哥境內，行車大約七個小時。

從聖荷西出去沒多遠，就進入了加州的沙漠荒原地帶，開了好幾個小時，不見一棵像樣的樹和草地，全是荒漠風沙，一派淒涼。令人想不到就在如此繁華的城市之間竟是這樣一些不毛之地。

想起五號公路的另一端，北部的奧瑞崗、華盛頓州四季長青，河流、湖泊縱橫交錯，土地肥得可以擠出油來，可那兒的經濟卻遠不及加州發達。也許，現代高科技的發展已完全可以脫離自然環境的局限。

直到臨近洛杉磯，才出現綠樹、芳草，不知是人工所為還是自然環境發生了巨大變化，當汽車駛入洛杉磯時，我簡直不敢相信這就是我們剛剛駛過的荒漠的盡頭。

從洛杉磯到聖地牙哥車程大約兩三個小時，沿途全是熱鬧的城市景象，樓群都很新、很集中，幾乎看不到未發展的荒地。

五號公路直達墨西哥，與北端的加拿大不一樣，墨西哥入境處根本就沒有任何邊境檢查關卡，不少人在不知不覺中誤入墨西哥境內，因忘記帶綠卡和護照回不去美國的事時有所聞。

美元在墨西哥邊境可以直接使用，根本無需兌換，不過東西並不便宜，有些物品甚至價格超過美國。價格便宜的質量就很差，如衣服無論質地和式樣都不值一談。街上有人隨時攔住車端個碗要錢，據說是募捐。

街上的房子又破又舊，塵土飛揚，與美國聖地牙哥為鄰，這邊樹木繁盛，鳥語花香，而墨西哥光禿禿的。人們站在破屋前，目光呆滯，衣服如破布一般，房子大都蓋在山坡上，搖搖欲墜。也有一些蓋在海邊的房子看上去很氣派，據說是美國退休人士的住宅。

從墨西哥進入美國有數道關卡，排隊比從加拿大進入美國時更加長，邊境上有高牆鐵網，立有警告牌，上面畫著一個婦女手牽小孩奔跑的圖像，警告開車人小心別撞上偷越邊境的墨西哥非法移民。據說可以常常見到成群結隊的墨西哥人沒命地向美國邊境奔跑。不過，親眼到墨西哥境內看了看，我覺得相比之下，美國比起墨西哥真有天堂般的美好，反差甚至比美國與中國大陸比要大得多，在這種狀況下，人們當然要奔向天堂了。

好不容易才通過美國入境處的檢查，重新回到五號公路上，撲入眼簾的，已是聖地牙哥的青山碧水，不覺從心中感激上蒼，畢竟我們生活在美國。

駛出聖地牙哥，靠近洛杉磯時，在五號公路上又見到一排美國邊防官兵，他們堵在公路上，如人牆一般，老遠就有標牌要所有車輛停下來，邊防官兵攔住每一輛車再次檢查，這是防止墨西哥偷渡客的又一道關卡。

我們搖下車窗，默不出聲，那全副武裝的邊防軍人伏下身來向我們車內用目光搜查，又掀起了後蓋，當他示意我們檢查完畢時，家聲加大了油門，向前奔馳。

他悄然問我，如果有墨西哥人要求我們帶他（她）進入美國（常有這種事發生），妳會怎麼做？我一時語塞，過了好一會聽家聲說，「小舟，我知道妳在想什麼，說不定妳會幫助他們，妳不忍拒絕，妳看見了他們的貧窮，妳同情他們，妳會認為老天不公，這邊是天堂，而那邊，唉，是可憐的人們呀！」

我依然無語，只是立即伸出手把收音機中放的音樂關掉了，我不想聽那個快樂的美國黑人歌手在唱，它與我此刻的心情不合。

人間，總是歡樂和痛苦、富裕和貧窮並存的，平等，大概要等到人們見上帝的那一刻。

畢竟，還有希望吧！

# 農夫市場及其他

中國古代就有集貿市場了，比如宋代甚至有鬼市，天黑交易，天明散去。歐洲城邦國家興起之時，集市就開始了，直到現在，歐洲人還是喜歡在集貿市場，也就是露天市場買菜、買花，喝一杯頗有情調的咖啡。

日本的集貿市場可憐兮兮的，一個風燭殘年的老婦，頭臉倒還乾淨的，用綠色的塑料小盆擺出一兩個番薯，三四個半青半紅的西紅柿，小小一握菜花，就算是敢與大商場抗衡的傳統人物了。人們一般不買，為什麼要買呢？既不是新鮮的，又不是價廉的。

美國的超市早已把一切集貿市場徹底擠離了商業流通之中，但傳統的集貿市場卻依然改頭換面，以農夫市場的方式生存下來。

美國的農夫市場一般只在週末開放，加州的舊金山和苗必達市都在星期三和周日，早聚晚散，類似宋代的鬼市。

農夫市場上以蔬菜和鮮花為主，蔬菜是農夫家自己種的，新鮮得很，只是懶懶散散，亂堆在一起，不像超市的那般齊整。

美國人對農夫市場的興趣沒有我們中國人大，中國人天生喜歡無拘無束的菜市場，儘管無論臺灣還是大陸的菜市場大都污水四溢，我們依然愛它。愛它可以討價還價，愛它品種繁多、新鮮美味。愛它使賣家買家面對面，平添許多快樂。所以，我看了一下，就是在美國的農夫市場，依然以少數民族移民為多，正宗的美國白人還是不很欣賞那種熱火朝天、自由散漫的市聲。

我家附近就有一個農夫市場，每週三和周日開市，賣菜的、賣水果的、賣海鮮的一律是墨西哥人，而買家卻十有八九是來自兩岸三地的中國人。

剛從海邊捕來的活蝦十元三磅，各種青菜一律一元一把。墨西哥的辣椒品種多，有長的、圓的、紅的、綠的、黃的，全部一塊錢一磅。

一位白人婦女指著一把芥藍菜問賣菜的墨西哥人，「這是什麼菜？」墨西哥人答得好快，「中國菜」。

我們住的社區十有八九是亞洲人，或者更明確地說是中國人，這使我剛開始搬到矽谷時還以為回到了東方。

離家開車只要十分鐘遠的超市名叫小臺北，那兒有飯館、書店、菜市、美容店，那兒只講中文。偶爾用英文講些什麼，那兒的人就立即用中文斬斷你的洋文。不用擔心洋人聽不懂，洋人根本不怎麼上小臺北來。

有一次，我跟家聲去找一家木器行，我們需要找一個木匠幫我家裝一扇新門。那是矽谷比較熱鬧的市區，一進去還以為到了新德里，街上走的，店子裡的賣者與買者統統是印度人。印度人會講英文，可那兒的印度人只講他們的土話，理都不理我們的英文。

我們發現找錯了地方，因朋友說，那木匠行在墨西哥人居住區。果然，剛剛拐出印度新德里就看見滿目墨西哥人，吃的、用的、說的都是他們那一套，文化的緊密度令主流社會針插不進，水潑不進。

還有希臘人社區、韓國社區、日本社區，整個矽谷很像一個聯合國，各搞各的一套。不過，族群矛盾倒不多見。相反，矽谷因此而廣納世界各方人才，生活多彩多姿，為它的繁榮提供了有利條件。

矽谷的公司十有八九是外來客，連英語都說不好的人卻能在這兒創下一番事業，說明了矽谷的包容性。而且也正是這種包容性使矽谷活力不斷，生機盎然。

美國中部有不少閉塞的城鎮，那兒見不到什麼移民，清一色的美國白人，保持了美國人的正統文化和經濟。可是，正是在矽谷這樣的民族融合之地才創造出了世界科技奇蹟。而我去過不少美國白人一統天下的城鎮，卻感覺死氣沉沉。

也許這個世界最佳發展方式正是如矽谷這樣具有包容性，誰來都歡迎，都可以有自己的空間！

我們在矽谷每晚看電視都要找半天合適的頻道，跳過韓國臺、日本臺、墨西哥臺等等，常費了半天勁才找到可以看得懂的英文臺。

至於中文臺，那更是豐富多姿，香港、臺灣、大陸都有。

我們住在矽谷，我們住在世界村，也許這已不是純粹的美國了，可是大家不是更快樂了嗎？

# 十里不同風

古人說，十里不同風，百里不同俗。明代顧炎武騎著毛驢看天下。徐霞客也走得很遠，甚至到了當時的南疆僻遠地方。

中國大陸的確太大，江南和江北，只隔了一條說起來並不很寬闊的長江，可兩岸的風土人情就大大不同了。北宋末期戰亂，王朝從開封移到杭州，很多官吏不習慣，說南方太熱，吃魚蝦還傷身子，賴在開封不肯過來。後來才知杭州比開封好，大家不願回北方，說杭州好，北方讓給敵人也可以的。

日本雖然是個島國，可風土、人情卻大有不同。北方以東京、京都、神戶最好。南方當然數我住過一些年的福岡最佳。今年福岡被評為全世界最好的居住城市，我認為實在是評委有水準。福岡依山傍海，交通方便，到上海飛機才一個半小時，到韓國坐船半天就到。氣候好得沒話說，四季分明，卻無酷暑、寒冬之慮。

最重要的是福岡人掙得多，花得卻不多，物價很便宜。一套高級區內的三臥室房子

104

廣告回信
台灣北區郵政管理局登記證
北台字第10380號
（免貼郵資）

臺北市復興北路三八六號

三民書局股份有限公司收

姓名： 性別：□男 □女
出生年月日：西元 年 月 日
地址：
電話：（宅） （公）
E-mail：

## 知識使你更有活力・閱讀使妳更有魅力

## 三民書局／東大圖書讀者回函卡

感謝您購買本公司出版之書籍，請您填寫此張回函後，以傳真或郵寄回覆，本公司將不定期寄贈各項新書資訊，謝謝！

職業：＿＿＿＿＿＿＿＿ 教育程度：＿＿＿＿＿＿＿＿

購買書名：

購買地點：□書店：＿＿＿＿＿ □網路書店：＿＿＿＿＿

□郵購（劃撥、傳真） □其他：＿＿＿＿＿

您從何處得知本書？□書店 □報章雜誌 □網路

□廣播電視 □親友介紹 □其他

您對本書的評價：

| | 極佳 | 佳 | 普通 | 差 | 極差 |
|---|---|---|---|---|---|
| 封面設計 | □ | □ | □ | □ | □ |
| 版面安排 | □ | □ | □ | □ | □ |
| 文章內容 | □ | □ | □ | □ | □ |
| 印刷品質 | □ | □ | □ | □ | □ |
| 價格訂定 | □ | □ | □ | □ | □ |

您的閱讀喜好：□法政外交 □商管財經 □哲學宗教

□電腦理工 □文學語文 □社會心理

□休閒娛樂 □傳播藝術 □史地傳記

□其他

有話要說：＿＿＿＿＿＿＿＿＿＿＿＿＿＿＿＿

（若有缺頁、破損、裝訂錯誤，請寄回更換）

復北店：台北市復興北路386號 TEL:(02)2500-6600

重南店：台北市重慶南路一段61號 TEL:(02)2361-7511

網路書店位址：http://www.sanmin.com.tw

做工非常講究，可不到美元十多萬就可買下來。貸款買利息才零點三，白送似的。我想我老了也許應該去福岡養老，至少那兒的房價我可以消費得起，當然房價這幾年掉了百分之二三十。

那年我想嫁給家聲，嫁他就意味到美國生活。我打了越洋長途給一位朋友，此君在芝加哥大學教書，頭腦很精明。我問他美國究竟好不好，我該不該去？他說好，妳該來，但有一點，美國很波令（boring，無趣之意），到處都差不多的。吃一樣飯，穿一樣衣，連商店門都一模一樣，很波令。

我聽了好奇怪，等來了美國，下飛機是華盛頓首府，又到北卡羅萊那州，再回華盛頓州。半月後陪家聲出差加州、德州，後來又跑了一些地方，才發現那位朋友很有水準，的確一語中的，美國是夠波令的，到處都差不多。

吃的一樣，穿的一樣，首府都是一個大圓頂，連鎖店裡連貨架都一模一樣……美國又沒有方言，土特產也不多，徹底資本主義化使全美國商品流通非常迅速。托拉斯的經營作風又使大的吞併小的，大家無論在哪個州都差不多用一個名字的保險公司，上同一家醫院的分院，在同一家公司的分公司工作，薪水也差不多，真的沒有什麼區別。

這些年我也算跑了不同地方，看來看去，發現美國可以算得上十里不同風的就是房子和房價了。

在德州和中西部，房子大都是磚的，至少外牆也是磚的。東部的房子大都是三層的，因為地下室也算一層，地下室很大，很高，據說房子要有地下室是法律規定。而在我們這房子主要是木結構，整個西海岸大致如此。

房價就天差地遠了。在德州，一幢三千多呎的大磚洋房才十八九萬，而加州不上百萬才怪。我們小城新房蓋得鋪天蓋地，只要有一塊空地，建築商馬不停蹄地必要蓋上房子而後快。所以你到我們這來看，山上山下密密麻麻，沒有一塊地讓它素面朝天，一定要佔領方休。而我在加州矽谷附近看見山頭光禿禿的，空地很多，並沒蓋上房子，倒見牛在上面吃草。就在矽谷最中心的地區，我也看見有空地閒置著。還有東歪西倒的破屋子，裡面什麼也沒有，就讓它在那經風雨、見世面。而我們這寸土必爭，破房子早用推土機推平了，蓋上新房子。所以我萬分不解，在矽谷逢人就問，為什麼建築商不蓋房子，讓地空著？

矽谷的房價早已漲得不像話，房子還沒蓋，買房子的人就打破頭搶上了。蓋房子肯定有利可圖，可既然有利可圖，為什麼不多蓋，不像我們這裡一樣，見地就蓋？有人告訴我說那些空地都有主人了，他們要賣給公司賺錢更多。也有人說，不是想賣給公司，而是加州有政策，建築商申請建房很困難，聽這意思是加州州政策的問題了。難道州政府不知道矽谷房價火箭上昇，老百姓要流離失所了嗎？我們這州政府是管這些事的，很注意居者有其屋。

加州房子買不到，人們搶得一塌糊塗。而我們這裡房子沒人要，到處只見房子不見屋主，一大片新房子入夜黑漆漆一片，時間長了，如同鬼屋。一幢新房三、四年賣不出去，一再降價是常有的事，甚至還拍賣，拍賣賤得不得了，也無人問津。

我正好處在加州和華州不同風氣的地方，我們需要賣掉華州的房子去買加州的房子。家聲負責在矽谷看房子，買房。我負責在華州賣房子，倆人幾乎每天一通電話，彼此都唉聲嘆氣。

他說那邊買家太多，剛看好一幢房子，有心再去看第二遍，早已被人捷足先登，才兩三天就佳人自有歸了。而我說這邊賣家太多，我家的房子已上市兩個多月，無人問津，因同一條街就有三分之一的人在賣，建築商新推出的房子又新又大又便宜。

他說加州房子破破爛爛，又舊又小。房子裡亂七八糟，被子未疊，鍋碗朝天，地上還有一堆新鮮垃圾未處理，而屋主人就敢這樣開著大門賣房子。

我說我這邊僱人剪草、修樹、鋪新花園小徑，我本人蓬頭垢面，整天伏在地上翹著屁股吸塵、抹灰、給廁所噴香水。我不敢在家做飯，我不敢在家用浴池洗澡，掉一根頭髮買主就說你髒。我不管天冷天熱必須開著空調以保持恆溫，因經紀人說冷，客人不看你的房，熱了，客人還罵你的房。

客人來看屋前，經紀人一個電話我就要遵旨外逃，以免讓客人見到屋主心生反感，外逃時我要把車庫中的兩輛車都帶著跑，一輛停到鄰居家，一輛載著我浪跡小城，空出車庫好讓買主想像以後放進他的車。

估計買主走了我才敢回家，有時回來早了，見買主還在我家指指點點，我立即掉轉車頭又再浪跡小城。有時餓著，有時熱、有時冷著，惶惶然如喪家之犬，又一想，咱不是喪家之犬，咱是為家所累呀！

家聲說他那廂房主定價五十萬，賣家哄抬，成交要達九十萬，何奈！

我說我這廂咱屋主定價二十萬，賣家只肯出十萬，奈何！

家聲說他那廂一有房子出賣，買家蜂湧而至，眾腳踏破鐵門欄。
我說我這廂每日閒坐窗前，高挑賣屋招牌，把屋子裝扮成美嬌娘卻無人愛顧。
他說他那廂是好兒郎找不到小媳婦。
我說我這廂是好女兒嫁不出去，成了老姑娘。
他說他好氣，我說我好急。他說矽谷房子太少搶不到，我說華州房子太多賣不掉。一個枉自嗟呀，一個空牽掛。打電話給老父親訴說心中苦惱，老爸說，怪了，普天之下，莫非王土。聽說麥當勞全美一個價，怎麼房子一處那麼貴，一處那麼賤，市場調節槓桿作用不見了？
還是媽媽有經驗，她說十里不同風嘛！

# 我看人性

我對孟子老人家「人之初，性本善」的理論先前崇拜得很，十多年前初為人母時，腹中的那一個小東西真是越看越可愛，那時我在北師大歷史系任教，系裡師生信奉荀子「人之初，性本惡」者不少。我對他們一律口誅筆伐，實踐是檢驗真理的標準嘛！我抱著初生小兒，讓他們看小傢伙那一雙天真無邪的眼睛，倒也說服了不少頑固書生。

那年小妹在我這兒生孩子，從這個名叫喬安娜的小東西哇哇落地就是我全方位照顧，這才發現人之初，性實在就很惡的。比如餵奶吧，加了糖的她就跳躍歡呼，沒有甜味的她就亂哭亂叫，全然不講君子風度，只挑好的吃。睡覺最喜歡睡在人的手臂上，壓得你一雙手又痛又麻，或者躺在外子家聲的胖肚皮上感覺也不錯，一把她放上床，她就一番哭訴，全無克己、關懷他人的品德；家聲總結她是好吃，好逸惡勞，好哭，好攪人清夢，總之，「人之初，性本惡也。」當年我之所以產生錯覺，皆因我對兒子一味溺愛，對他的種種惡行全部寬大處理，甚至加以美化的結果。

人到中年，又多走了世界的大小碼頭，中年的心頭本來就是秋霜橫野，我對人性這看起來形而上學，實際上最透明的玩藝兒終於有了更深層的認識，心灰意冷的認識。

上帝造人時，據說基本上沒有考慮人的道德、品性，只認真的造個嘴讓我們能吃飯，造個鼻子通氣，造一雙手讓我們自謀衣食。品德是靠後天的修養、努力，可怎麼修養也修不到上帝造的嘴巴、鼻子那麼渾然天成，所以我們先天不足，後天又懶得努力，結果人性惡比善容易，英雄哪兒都出產不多，壞蛋卻比比皆是，監牢關的是最可惡的一幫，還有不少散兵遊勇遍佈人間，人性之惡，實在讓人很悲哀。

我們這兒有座山，山上造了一大批豪宅，小城富人少，對這豪宅只好行行注目禮，住進去的福氣大概只能寄希望於來世，或者今世突然中了六合彩。

一大片豪宅寂寞地擺在那兒供小城人評頭論足，妒火中燒。時光推移，一放兩三年，終於，建築商挺不住了，慘痛宣告破產。銀行強行收回，要在法院拍賣。

小城人奔走相告，興奮莫名，有的腳下生風，一日上山十多次，一會覺得這棟好，一會覺得那棟也不錯，爭執不下時，傳有夫妻差點要去離婚。

一些房地產商從西雅圖趕來，甚至有從加州星夜兼程的，目標一致，乘人之危，撈它一把。

我和家聲那天也去拍賣場看熱鬧，只見人們起勁得很，恨不得一塊錢就拿下一棟來，又聽說那建築商差點自殺，一家老小，狀甚可哀。

回家的路上，我對家聲說，我上小學時老師講把快樂建立在別人的痛苦上都是壞蛋，他說，那這個城市壞蛋真多呀！

家聲的同事周君，麻省理工學院博士，高級工程師，頭像上過美國一流雜誌的。此君腦子主意層出不窮，業餘時間炒股，賺得不亦樂乎。我向他討教，想發點財，他告訴我一支科技股，是做電腦零件的，在世界上處於領先地位。股價高時三十多元，他二十多元買進，現在只剩六塊美元一股，他說這是他一生中唯一買砸的股，但相信回升到十元有希望。我買了一百股，天天守著盼它漲，不料上月跌到只剩三塊錢，我問周君，他說電腦越賣越便宜，公司盈利很難，除非公司當一回壞蛋，才有可能鹹魚翻身。

我沒敢細問公司怎樣當壞蛋？我們又怎樣跟著壞蛋賺錢，只好耐心等待下文。

不料這幾天這支股票發瘋地漲，一下漲回六塊多，周君興奮地大叫，「好呀！我果然說中了！」原來公司已做了壞蛋了。公司宣佈裁一千人，公司一裁人，股票肯定漲，據說這是華爾街的規律。也就是說，當一千人失業，陷入痛苦，甚至衣食無著時，投資人就大舉買進了。

你說這人性是好是壞？是美是醜？說來說去，孟老夫子實在太天真了，還是荀子警惕性高呀！

# 錢包

我有一個玫瑰紅色的錢包，不知是真皮還是假皮，但製作精良，小巧玲瓏。十九歲時當了個冰棒妹，得到第一個月的薪水，覺得忽然成了有產階級。錢畢竟是錢，不可等閒視之，母親便帶我去一家百貨商店，買下了我生平第一個錢包。

古人的錢包要大得多，因那時的錢大多是金子、銀子，最次也是銅做的。錢包或背在肩上，或提在手裡，也可以纏在腰間。北宋真宗初年，四川地區的幾家富豪在國史上第一次發行紙幣，叫交子。後來北宋政府收奪了私家發行紙幣的權力，在開封設置了交子務，專門負責紙幣的發行。有了紙幣，當代人用的小巧錢包才派上了用場。

我的錢包中錢不多，但因小巧、光滑，加上我又是個粗心大意的女子，於是數次失落，或中國大陸，或日本，或美國，我都將它失而復得，緣分真的很深。

記憶中第一次失落是在中國大陸，早上去我任教的某大學校園打太極拳，打著打著就掉了錢包，那裡面計有人民幣數十元、食堂餐券數張，如此而已。我惶惶然若有大失狀，完全是因為那錢包對我有一份親情。

我在校園尋尋覓覓，看見一位青澀的男孩向我走來。他胸前別的校徽，白底紅字，而我的胸前也別著一枚校徽，紅底白字，這說明他是學生，我是教師。

「老師，這個錢包是您的嗎？」他甩著青春頭髮，眼睛很亮。「是的，是的。」我有些激動。

他卻很冷靜，問過我錢包中有何內容後，才把錢包交給我。我謝了又謝，內心很為自己任教的大學有這樣的好學生而倍感欣慰。

不料，他先是沈默片刻，然後抬起頭來，用成熟的男人的腔調，一字一句地對我說，「老師，您要想真心謝我嗎？」

「當然，當然……」我說著說著，心頭爬起了不安的感覺。

「那您寫兩封感謝信，用大紅紙抄上大大的毛筆字，一張貼在大學的公告欄上，一張送到我們系主任辦公室。說我拾金不昧，品德高尚。我是才入校的新生，這樣可以讓系裡了解我，我想當班長，我在高中、初中都是班長呢！」一晃十多年過去了，那個當年的新生如今想必早已畢業奔赴東西，不知他是否知道當時我的內心在幾分鐘內的大起大落，知道這一幕如何印在我的腦海中，使我對當年的青年又愛又惋惜。

第二次丟失那隻錢包，是在日本的南部大都市福岡。

福岡今年被評為全世界最佳居住的城市，當我家小妹把這個好消息告訴我時，我著實很有些激動，我在心裡是一直把福岡視作我的第二故鄉的。

福岡有世界上也許最舒適的地下鐵，那座椅是暗金紅色絲絨的面料，富麗而親切。車廂中乘客不多不少，彷彿是天意，每個人都有位子坐，卻又不顯得空蕩。

那天我從九州大學所在的箱崎站到博多辦事，在地鐵裡把錢包忘記在座位上了。當我起身離開時，我相信空出的那個座位上赫然擺著我的錢包，周圍心細如髮的日本人一定都看見了我遺留在坐過的位子上的錢包，但居然沒有一個人叫住我，提醒我。

等我回到家，已是深夜十一時了，這才發現錢包掉了。我心頭好一陣傷心，那裡面有我剛剛領到的一筆薪水，不是一個可以輕易捨棄的數目。我走進浴室，淚水順著蓮蓬頭流下的溫滑的水流過我冰涼的臉頰……

忽然電話鈴響了，我裹起一條大毛巾從浴室衝出來，是誰？這麼晚了還來電話？

電話是地鐵站的工作人員打來的，他首先解釋說不好意思這麼晚了，但怕我著急又必須打來。他說錢包剛剛找到，是地鐵運行一天後進站清掃時，被工作人員發現的。

我心中一陣釋然和說不出的高興，不禁問道，錢包在哪找到的？工作人員說就在座位上。

就在座位上？地鐵運行了整整一天，乘客上上下下，居然沒有一個人去把它占為己有，多麼潔身自好的日本人呀！可是為什麼沒有一個人拾起它，把它交給地鐵站或直接交給我呢？我不禁把這疑惑問了出來。

「是呀！我們日本人大都是事不關己，絕不去過問，以免招來麻煩的人呀！地鐵站常拾到客人遺忘的物品，都是在晚上清掃時才發現的，很少有人撿了交給我們，多一事不如少一事嘛！」

後來，我曾把此事告訴一位日本學者，他說這就是我們的民族性了，懷疑心重。萬一裡面有毒品怎麼辦？萬一物主藏在旁邊，你一碰，他就誣告你又怎麼辦？

原來如此。

我最近一次丟失此錢包，是在美國華盛頓州發生的。

那天上午準備跟女友一同出去購物，我走進車庫時，家中電話鈴大作，慌亂之中，我順手把手上的錢包放在汽車的後蓋上就跑去接電話。接完電話出來，完全忘記了錢包的事，把車剛剛倒出車庫，錢包就滑落在車庫外的馬路上了。

等到到女友家才發現錢包不見了，立即返家來找，哪裡還有什麼錢包呀！

我沮喪極了，錢包中錢並不多，只有十多塊。可有五、六張信用卡，以及駕照、醫療卡、銀行卡。萬一拾到錢包的人用信用卡大肆揮霍怎麼辦？沒有駕照等於沒有腿，我連車都不能開了。

於是，我立即逐個通知信用卡公司、銀行，馬上封閉我的帳戶，宣布凍結。又馬上去補了一張新駕照。朋友們都很關心，借錢給我先用，因一切信用卡和銀行卡都要一週後才能啟用，當時真的好狼狽。特別是我先生已調去加州工作，他手上所有的信用卡、銀行卡也一併失效，氣得他大罵我真是個糊塗女人。

四天後，我收到一個沒有寄出人地址的包裹，慌忙打開一看，正是我的錢包！一切都完好無缺，只是少了那十多塊現金。

包裹中有一張字跡潦草的英文字條，上面寫道：對不起，我需要那十五塊現金，其餘的對你很重要，現寄還給你，祝你好運，以後小心不要再掉錢包。

朋友們知道後都笑了，說這也算是美國風格吧！

三次丟失錢包，三次不同的結果，體現了不同的民情、風俗和人性心理特徵，想一想真有意思。

我換了一個錢包，那隻三次失而復得的錢包終於成為歷史，封存在我的記憶裡。

# 友情沒商量

我們的小城有一對年輕的夫妻，他倆在十四、五歲時投身怒海，歷經千辛萬苦來到美國，一同定居於波士頓，當時他倆並不相識。

女孩子聽不懂老師的話，她更不知道美國的公立學校有那麼大的差別，她的父母滯留東方，沒有人告訴她該怎麼做。身上又沒有足夠的錢，她穿著不合身的衣裙，黃著一張窄小的臉，走進了當地最差的一所中學；她進這所學校，僅僅是因為她寄住的親戚家就住在附近。

上課有黑人孩子大聲吵嚷，沒有人能靜下來聽講，她不安地東張西望。半年後，老師走過來遞給她一張試卷，老師覺得這個女孩子有一雙多麼智慧的眼睛，直覺告訴他，女孩子並不適應這個亂哄哄的課堂。

女孩子接過試卷，凝神片刻，飛快埋頭答題，老師激動地拍拍女孩子單薄的肩頭，告訴她從此可以直接到大學選課。

就在那個大學選課時，她碰見了未來的夫婿。他和她一樣，隻身赴美，又孤單又貧窮，可是絕頂聰明。

後來，他倆靠著美國政府的資助，雙雙獲得了麻省理工學院的博士，男孩子甚至成為麻省的奇蹟，他一連拿了五、六個碩士學位。什麼他都有興趣，工程、化學、數學、電腦……他的頭像上了著名的雜誌，獲得了前總統老布希頒發的獎狀。他帶著年輕的妻子一同任職於世界一流的電腦公司，生育了兩個活潑可愛的孩子。

在東部住了很多年後，夫妻一同來到小城工作，和我朋友在同一家公司做事。他們住的兩層小樓非常舒適和可愛，前院玫瑰盛開，後院桃李芬芳，梨樹有十多株，我的朋友就叫他們為「梨園人家」。

大家都說他夫妻倆殷實有錢，兩人早早就取得學位，工作時間久，積蓄應該不少。公司又很器重他倆，職位一升再升，薪水一漲再漲，華盛頓州又無州稅，生活水準低，可是，他們忽然一反常態，變成了窮人……

人們都很奇怪，因為他夫妻倆數年中屢屢升職、加薪，怎麼會越來越窮呢？

他們的確變窮了，至少他們的行為舉止，有了窮人的深深痕跡。

夫妻倆不再購置新衣，連小孩子也穿些破舊衣服。他們甚至捨不得使用草地的自動噴水系統，那是建房子時花三千多美元添置的。草地先是無精打采，後來就一派枯黃。他們吃得非常省，常常只有一盤炒青菜，有時甚至只有一點兒鹹菜。夫妻倆在公司避開眾人躲在一旁吃飯盒，怕人看見他們飯盒是多麼寒酸。

他們不再把小孩子送進比較貴的托兒中心，而是讓一個沒文化的老婦人照看。他們常在商店買放在處理櫃臺上的麵包及其他食品，那些食物的包裝紙上，照例用黑筆寫下減價的價錢，他們的孩子們高高興興地捧著吃，使旁邊的人看了既心酸又充滿不解。

他們在公司洗澡，為的是省下水電費。最重要的一個省錢措施是不再開車上班，每天無論刮風下雨，都早早起床走路上班，下班後又拖著疲倦的身子走路回家。

他們的這一舉動引起小城人的好奇和私下的嘲笑，兩個高級工程師為何如此寒酸？可就在這點上，形成了我朋友和他們友誼的契機，其中的深遠意義和甘甜結果是我們完全沒有意料到的。

我那位朋友默默地接送他們，整整四年多，只要我朋友在公司上班，就一定接送他們。有時朋友下班早，而他們要拖晚一些，我朋友就耐心地等。有時我朋友出差，他會交代別人幫他開車去公司接他們。

整整四年多，沒有一聲謝謝，沒有一分油錢分擔，他們緊緊地捂著錢包，抿著沉默的嘴。而我的朋友風雨無阻，四年如一日，彷彿這是他的天職。

小城裡有很多議論飛出來，有人說這對夫妻太小氣，少年得志，又來美多年，不懂人情世故。也有人講他們有了好多好多錢，卻捨不得拿出來用。甚至有人對我朋友說，你呀！一定前世欠了他們的，這輩子要當車夫還債呢……

朋友聽了微微一笑，他說就當是還前世欠下的一世情吧！兩年前的秋天，他們突然雙雙辭職，到加州矽谷一家高科技公司。他們走得很匆忙，我的朋友開了派對，做了豐盛飯菜為他們送行。他們默默無聲，神色黯傷。朋友把整包的烤肉串、一條條自家烘焙的麵包用錫紙包好，讓他們隔天路上吃，又從冰箱中取出冰果汁讓他們帶在路上喝。朋友張羅著這些，好像他們的大哥哥。

他倆走了，朋友們還聚在一塊，談興很濃。他們笑我朋友為什麼把食物打包叫他們帶上，這麼囉囉唆唆。他說，不給他們帶上，他們會一路餓到加州，一定捨不得中途去餐館吃飯。一句話引來了大家的感嘆，又想起他們平日的小氣來，有人好笑，有人不解，有人覺得他們簡直是怪人，或者是想占別人便宜的人。

「不！」我朋友一下子自椅子上蹦起來，說，「他們是好人，很好的人，只是有些事我也不懂……」

兩年後，我朋友到加州矽谷工作，朋友萬萬沒想到，他當年對這對夫妻所做的一點點幫助，居然深深銘刻在他們心中，他們百倍的償還，使朋友如沐友誼的春風，欣慰不已。

朋友剛到矽谷，他們就登門看望，送來食物和生活用品，照顧得無微不至。當朋友公司給的免費公寓到期後，朋友著急找公寓，矽谷的公寓那麼昂貴，真使朋友苦惱極了。不料他們立即把房間騰出一間，讓我朋友住下，家中的鑰匙有他一把，朋友要付房租，他們堅持分文不收；朋友的租車到期，自家的車又未運到，他們就用自家的車接接送送。他們對他，真像是對自己的兄長。

朋友從不問起他們當年在小城那一段昏暗的日子。倒是我，以一個作家的好奇心向他們尋問其中原委，這才知道他們在一次風險投資中損失了夫妻倆全部積蓄，並欠下不少債，成了不折不扣的窮人，每月薪水一到就必須還債，留下很少一部分維持生活。他們默默忍受貧窮的煎熬，把它視為人生的低潮，並把困難時刻朋友的幫助深藏心中，以待他日報答。他們在矽谷的公司有不少股票，股票上漲，兩人終於還清貸款，還有了一筆不小的積蓄。他們曾想給我朋友寄些錢以示感謝，但又一想以我朋友的品性斷不會接受，又相信人生定有緣分，果然朋友也去矽谷工作了。

人生的友情也是一種緣分，播種了的土地，必會有豐收的前景等待你。朋友，永遠不要捨不得伸出友情相助的手，須知那是一種冥冥中的福分呀！

# 鬼節所思

秋風起，落葉蕭蕭而下，鬼節就在這時來到了。

中國的鬼節來得早些，是在夏天吧！七月半，鬼上岸。中國人的鬼節防範的重點是水鬼，日本也是，相信鬼大都順水而逝，又順水而來。日本的鬼節家家門前掛燈，怕死去的親人回家時找不到路，黑暗中不小心滑一跤。那燈大都是用白紙糊的，掛在門前，淒淒慘慘。

新加坡的華人過鬼節熱鬧非凡，要唱大戲，唱上十天半月。那年去新加坡，見居民樓下架起了高高的戲臺，有穿著古裝的男人女人在臺上唱戲，用的是福建閩南話，聽不懂，但鑼鼓喧天，很是熱鬧。奇怪的是臺前無一位觀眾，行人匆匆朝臺上望上一眼，又趕路去也。家庭主婦們抱著孩子隔得遠遠地看，戲臺前排著不少椅子，整整齊齊，卻一直空空如也。

我不懂其中奧妙，大大咧咧坐下來，一個人看戲，末了才知道這戲是唱給鬼聽，演給鬼看的，鬼正在椅子上坐著，看得津津有味呢！人們關切地過來把我拉起，問我屁股疼不疼？眼睛脹不脹？我聽眾人一說，覺得屁股的確疼，眼睛也的確脹。

西方的萬聖節當然也是鬼節，東方的鬼大都是些隱士，來無影，去無蹤。而西方的鬼卻是些遊俠，比較喜歡招搖過市，拜訪人家，討些糖吃。看一眼人家門上、窗前掛著自己的同類，放著他一定覺得親切的南瓜，手上被塞了幾顆糖，他就心滿意足地離去了。西方的鬼實在比東方的鬼頭腦簡單些，至少他不懂得要鬧著看戲。

鬼節的晚上，我會準備一些糖，撒給上門討糖的小孩吃。我相信那穿著形形色色的鬼節服裝的小孩兒，臉上興奮得紅撲撲的，說不定就是一個喬裝打扮的鬼呢！

西方的鬼節比東方的鬼節熱鬧多了，只是這熱鬧多少還是有一些肅殺氣氛的，人與鬼的交流一年就這一次，給鬼糖吃，也是含有討好的意味。只是幸好裝扮成鬼，上門討糖的絕大多數是小孩子，換了大人，恐怕那意味就不一樣了。當年，一個十六歲的日本留學生名叫服部君的去一戶人家討糖吃，竟被屋主打死在院子裡，殺人犯的理由只有兩點，一是當時已近十二點，討糖的人不多見了；二是服部君已有十六歲，個子比一般小孩高。不過殺人犯怎麼辯解也是殺人犯，我是絕對同情服部君的，因為那天無論如何是鬼節，既是鬼節，晚一點又如何？個子高一點又怎樣？

秋風起，無邊落葉蕭蕭下，鬼節就在這時來到了。還活在世上的人們，大概永遠是無法了解鬼的，也許南瓜呀，鬼頭鬼臉啦，五花八色的糖果呀正是鬼最討厭的東西呢，誰知道呢？我們與鬼的世界畢竟是隔了一層的。

# 西出陽關無故人

在《僑報》副刊上，讀到了王尚勤的文章〈王尚義、王正方，還有我們〉，其中提到的人和事，大都發生在臺灣，然而，我總覺得心靈中的深切感應，一直讀了兩三遍，終於想起了我與文中提到的王正方拍攝的第一部海外中國人回大陸拍的電影「北京的故事」，是有一段機緣的。

那時候，我在日本南部福岡一所女子大學任教，同事中有一位畢業於臺大，並與日本人結婚，定居日本多年的女教師。有一天，她塞給我一盒錄影帶，我一看上面用日文寫著一行字，正是「北京的故事」。我問她是哪兒拍的電影，有趣嗎？她說不清楚，但內容不錯，也許可以做為教學片放給學生看。我說我先看一遍，如果好，我可以向大學申請放這部片子。

一看我就頗有些感動，電影中那定居美國的中國人回到北京，住在四合院中尋找他失去的根，正是整整幾代漂泊在海外的中國人的心結，我立即決定做為教學片放映。

片子中有一些英文對白，英文系的學生很多能看懂。中文部分全部靠我口譯，放一段，翻譯一段。學生著急下面的內容，不高興插入我的翻譯，於是我乾脆就當看一部無聲片，讓學生去猜。看完後，要她們寫下心得，不料大部分學生都看懂了，而且寫出了種種的心得。有一位學生寫道，「人離開故鄉總是很痛苦，像我的父親是山口人，他到福岡定居，日子過得比在山口時好，可心裡捨不下故鄉，發誓老了要回去。我們的夏先生是中國人，她給我們放這部電影，寄託她的思念故鄉之情……」

我記得一共放了五場，都很受歡迎。過去我們放過一些很轟動的得獎作品，反應好像並不強烈，我始終捉摸不透日本學生的品味，相信是「北京的故事」那種淡淡的親情、故鄉情感動了她們吧。

王尚勤的文章中還提到了王尚義生前所講的一段話，「流落在國外的一群中國人，漸漸成了當時的猶太人，陶醉在物慾和感情的麻痺裡。寧願過寄人籬下的生活……該也把中國和它近百年的苦難忘得一乾二淨了。」

我不知道王尚義是誰？但這段話卻深深觸動了我，正巧當晚《滾滾遼河》的作者——老作家紀剛先生打電話給我，我便向紀剛先生打聽王尚義的事情，紀先生向我詳細的描繪了王尚義和他的作品——《野鴿子的黃昏》。

我很感動，但心想一時半刻我讀不到這部書，我住的是座小城，圖書館只有寥寥可數的幾本中文書，我又打電話向小城的朋友們問起此書，大家都說那是久遠時代的事了，他們不可能有。

上週日，我去圖書館看報，本無意去借中文書，那些武打、流行小說我不要看。外子倒特意拐到中文書架去找書，不一會他挑了幾本出來，放在我看報的桌子上，準備借回家。

我無意中瞟了一眼他借的書，啊，居然有一本正是《野鴿子的黃昏》！外子並不知道我正在找這本書，一切都是冥冥中的巧合罷了。

回到家，我讀完了這本扉頁已經發黃的書，我不知道它是如何繞過千山萬水，落在了我的書桌上，我只覺得除了感動還是感動。

六十年代的天真，六十年代的執著，一個火熱的青年，在短暫的生命中留下了這麼厚重的精神遺產，他的思想永不陳舊……

黃昏中，我向窗外眺望，剛剛下過一場薄薄的冬雪，果然有幾隻叫不出名字的鳥兒在夜幕尚未降臨前焦急的盤旋，彷彿怕暗夜一來，牠就飛不起來了。
哲人遠去，這黃昏的景象，真是人生的蒼涼呀！
不知以後的青年，又如何解讀我們這一代人的思想。

# 輯二　千面人生

# 趙先生的事業

趙先生是小城永遠讓人摸不透、猜不著的人物。

趙先生家的每一個人都是「性夠」（Single，單身的意思），他是性夠，七十三歲的老性夠。一對女兒是性夠，美麗年華的性夠；還有兩個兒子，當然也是性夠。

趙先生本來是有太太的，太太比他年輕二十多歲，大概五十多歲吧。太太很能幹，在車衣廠掙一份工錢，趙先生和太太感情不錯，可他還是和太太協議離婚了。離婚前兩人抱頭哭了半夜，趙先生狠心把太太一推，說：「這婚一定要離，不然到手的錢會飛的！」

婚一離，趙先生就由女兒攙扶著，到政府部門領上了每月六、七百塊的救濟金，趙先生很感慨，說自己總算成了個自食其力的人，沒有為美國工作過一天，卻領上了一筆也算不錯的薪水，這婚離得很及時，很英明。

趙先生告訴太太這婚離得他心痛欲碎，只待救濟金一到手，就要太太搬回來，倆人暗下還是夫妻。不料太太一離就投奔自由去了，居然有了相好的。又過了一年，太太和相好的結了婚。聽說太太的新丈夫比太太小了十多歲，趙先生就天天給太太打電話以示警告，說他懷疑那男人與她結婚是為了綠卡，後來果然被趙先生不幸而言中，太太也成了性夠。

趙先生幸災樂禍，表示歡迎太太和他再續前緣，當然是暗中進行，太太不肯，說了趙先生好多不是，趙先生心灰意冷，從此把女人看得比白骨精還壞，這才一心一意做個性夠。

趙先生的兩個女兒人稱趙大小姐和趙二小姐，都是鮮花一般的女人，大小姐年方三十六，二小姐二十五。大小姐在銀行做事，二小姐是餐館的女侍。

大小姐來美國是嫁了一個腰比趙先生直不多少的老先生，那老先生和趙先生是朋友，老先生回國探親，提了廣州蓮香樓的兩盒月餅去趙家和趙先生敘舊，一見趙家如花似玉的兩位小姊就心下歡喜，一歡喜就從貼身衣袋中掏出兩個在舊金山唐人街買的金戒指，趙先生代女兒收了，等趙先生把客人送走返回家時，兩個女兒正喜氣洋洋地往手上套金戒指，趙先生目光灼灼地掃視女兒，說：「喂，妳們兩個誰嫁？嫁那個金山客？」……

自然是趙大小姐嫁，她那年已是三十歲了，還是小姑居處本無郎，她又最想去美國，於是趙大小姐肩負著趙先生的重託出嫁了，趙先生翻來覆去只有一句話在女兒耳旁叨叨著：「好好做人呀！早日把我們接去，一家人都靠妳啦！」

趙大小姐從小對家就有責任感，把全家人赴美的重任託給她，趙先生很放心。果然女兒爭氣得很，一入公民就把趙先生夫妻接了出來，到了美國趙先生才知道女兒早已和丈夫離婚了，成了性夠，又無一兒半女，幸好還有份在銀行的差事，能夠自立。

那以後的日子，趙先生很忙亂，根本顧不得女兒，他要申請還留在國內的一女二兒來，要和太太假離婚以獲取救濟金，那時趙先生每日運籌帷幄，覺得自己一輩子的事業竟是在美國，在他七十多歲時才開始啟航。

趙二小姐和她的姊姊不一樣，她畢業於名校，大學一畢業就和同學結婚生子，事業、家庭都不錯。是趙先生急如星火地催她移民，因為趙先生是綠卡，只能申請成年未婚子女來，趙先生說，「趕快離了吧！你看，連我和你媽都離了！」

趙二小姐不肯，她覺得美國未必就那麼好，值得她拋夫棄子的。可她從來沒來過美國，在人們傳說中，那地方和天堂差不多。她覺得連天堂也不肯去是不是有些笨？連丈夫也慢慢動了心，勸她說：「這樣你看行不？妳先和我假離婚，權且當個未婚女子先去，等妳有了綠卡，再把我和孩子接去，人家汪精衛搞曲線救國，我們來個曲線移民試試看？」

趙二小姐覺得有理，萬分不捨地離了。趙二小姐的丈夫又英俊又有本事，許多女人都會喜歡這樣的男人的。當趙二小姐和丈夫走出辦離婚的辦公室，趙二小姐心頭一陣惆悵，抬頭看天，火紅的木棉花在藍天下開得真好，趙二小姐用力挽住丈夫的肩，覺得自己一去美國，他也許會飛，會被別的女人輕輕一鉤就跑了……

趙二小姊辭別丈夫、兒子，來到美國，一來就覺得並不是天堂，她日日思念丈夫、孩子，那淚水兒一天淌好幾次，任趙先生勸也勸不住，罵也罵不聽。

不到一年，丈夫就有了相好的女人，那女人是在美國留學，有了綠卡，有了學位、資本，回國創業的女留學生。丈夫和她合開了一個貿易公司，生意越來越紅火，丈夫離了趙二小姐，倒有對，有美人相伴。趙二小姐離了丈夫，什麼都扔了。她在餐館打工，臉若冰霜，客人不高興，不給她小費，日子過得緊巴巴，倒害得趙先生一天到晚為她操心。

兩個兒子也是被移民弄得人不人、鬼不鬼的。大兒子快四十，還不敢和女友結婚，怕失去移民資格。好多次大兒子和趙先生訴苦告急，說那女友年齡越拖越大，常發怨言，況且前途未卜，自己就是以未婚成年子女類輪到排期進入美國後再和女友結婚，女友也要以綠卡人士的配偶在境外等上四、五年，這一折騰豈不誤了人家一生的幸福？趙先生叫兒子挺住，趙先生也叫兒子放心，他說美國這地方並不是遍地是黃金，但好歹混了個綠卡，甚至公民時，找個女人是不成問題的。他給兒子打氣說：「連你爸七老八十了還有小女子肯嫁呢！你慌什麼！那女人等不及就放她走，失去她沒有什麼了不起，只要移好民，自有後來人。」

大兒子果然孤零零地來了美國，老爸倒沒騙他，真有個如花似玉的小女子願意下嫁他，可好日子過了沒幾年，那小女子得了綠卡就鋪蓋一捲開溜了，大兒子也成了個性夠。

小兒子看遍老爸、老媽、哥哥、姊姊的人生悲喜劇，決心不議婚嫁，他是趙家最堅定的性夠，連和女人成雙結對的企圖都不曾有過。

趙先生新近心臟很不舒服，又受了某專門向人推銷死後墓地的女士的鼓動，在一個山青水秀名叫永樂園的墓地買了他日後的居所，他整天在心中琢磨將來那塊墓碑怎麼寫，既要言簡意明，又要把他一生做個總結，材料他想好了，再窮也要塊大理石的，以墨黑色為佳，只是墓上的題詞怎麼寫呢？

趙二小姐不愧是上過名牌大學的，她嘴一扁說：「就寫上，『一生事業功過，把全家變成性夠』就好啦！」

趙先生沒有說什麼，他知道說了也沒用，等他百年之後，倔強的二小姐一定會這樣刻他的墓碑。

# 向君的漂泊

向君是一個斯斯文文的上海男士，來美國也有十多年了。他像浮萍一樣沒有根，東飄西盪，故事令人心有戚戚。

向君是學理論物理的博士，這個行業畢業後只有一條出路，就是去大學當教授。向君申請過幾乎全世界的所有薪水高一點的大學，無一成功，最後他在科威特大學找到一份教職，帶著全家前去赴任。

離開美國那天，向君請所有朋友同學到他家大吃大喝了一天一夜，開的是流水席，也就是說餐桌不撤，吃了玩，玩了又吃。向君自己喝得醉倒在沙發上，他掏出身上的幾張綠鈔票，非要塞給一位剛從大陸出來，顯得窮兮兮的朋友。朋友不肯收，他就在自己的肚子上拍了幾下，說：「收下，收下，你向大哥要發財了，科威特給我這個數！」他伸出他的一雙手在朋友面前晃了一下，大家一看就都肅然起敬，覺得向君以後會衣食無憂，算得上有錢人了。

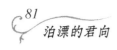

向君真的走了，一去不久就不停的給朋友們講他上了當，說那兒的日子不是人過的，錢是有，可如同生活在真空中，寂寞能要他的命！語言不通，生活習慣不同，吃的東西使他想起大糞，總是稀稀的，氣味衝鼻。

他的太太一天也不肯在科威特住下去了，帶著女兒回了上海娘家，上海如今和過去不同了，熱鬧非凡，繁華似錦，吃的東西叫你口水直想往外流，自己的故鄉這麼美好，何苦要在那狗屁科威特為了幾個錢受煎熬呢？錢算個什麼東西！

向君決心回上海定居，他在科威特工作了一兩年，總算小有積蓄，他心想帶著這些錢回去定居，日子應該還蠻好過的。

他開始與國內聯繫，有人勸他當洋人的狗腿子，即買辦，那才是個流油的美差事呢！哪一個洋買辦年薪不上十萬美金呀！向君英文好，人也聰明，博士牌子也能嚇嚇人，可向君不願意，他說回國還是去大學教書吧，自己的老本行，丟了多可惜！一句話，錢算個什麼東西！

向君到自己在上海的母校物理系教書去了，大家封了他個「博導」，他一聽很納悶，問什麼是博導？後來才知道博導是面子很風光的，即他是博士的指導導師了，向君心裡甜蜜蜜的，告訴在美的朋友他如今是博導了。

誰知大學是個清水衙門，物理系尤其是。地理系的可以幫人看風水，歷史系原來最沒出息，現在人家能用博古通今的本事，用《周易》幫人算命。只有向君是窮教授一個，有次太太去一位原來在美國的同學，如今做了洋買辦的朋友家串門，發現朋友家住在早先上海最有頭臉的人物的公館裡，回來就和向君大吵一通。

最受刺激的是向君發現他的學生也都改了行，學電腦或乾脆去做生意，他這個博導只好去做做家教，好歹賺兩個外快錢。

在上海他一來二去又成了窮人，沒有鈔票武裝，別人看不起你，喝過洋墨水又如何？向君後悔不該回來，他想帶家人重返美國，誰知移民局不讓入境，他們在美國境外呆了這些年，移民局宣佈取消了向君一家的綠卡。

太太哭成了淚人兒，向君只好跟科威特大學低聲下氣，想再回去任教，科威特人最恨叛徒，覺得向君犯了叛徒罪，想回去根本不可能了。

向君只好花了一筆錢申請加拿大的技術移民，等了好久，才舉家到了加拿大。

加拿大根本不是移民天堂，就業機會非常少，連餐館工都不好找，向君一家只好賦閒在家。

向君去政府部門找事，接待的人建議他再去學校進修，向君一聽好生氣，他說俗話說五十歲不學吹鼓手，我向某人已快五十了，博士都唸過，還進什麼勞什子修！

後來，他和太太在加拿大的溫哥華開了一家外賣店，太太收錢，向君掌勺，僱了一個人跑外賣，生意清淡，向君的菜炒得連太太都不想嚐，只是火候掌握得好，到底人家是物理博士，懂得溫度啦、力度啦這些個科學問題。

# 前世修定的

袁君是我們的朋友，在德州的大學做教授，他跟家聲是同學，又是濃美特（roommate，同租一房的意思），感情自是不同。

袁君心硬，見蚊子就揮手打，見螞蟻就用腳踩。幾乎不笑，更不唱歌、唱戲。他覺得家聲一天到晚見誰都笑是浪費表情，他勸家聲說：「你不要嘻嘻笑，要少笑，或者不笑，我們是搞科學的，特別你是研究核物理的，笑什麼？」

後來，家聲見冷戰結束，搞核物理沒有前途，就改行了。袁君也改了，搞電腦程式，可他還是不笑。

袁君的媽媽是大學教授，守了三十多年寡，只有袁君一根獨苗，很疼他。可袁君家中一無背景，二無過硬的社會人脈，十八歲就到上海郊區農場割草餵牛。一九七七年，袁君想考大學，農場不批准，袁君一狠心，騎起農場一匹烈馬狂奔，然後牙一咬，自己從馬上摔下來，成了一個獨臂俠。農場無奈，不願養他，他就病退回了上海。

一九七七年高考，科科幾乎滿分，八〇年代初來到美國留學，與家聲同一導師，成了朋友。

袁君常勸家聲不要望女人，要望書本。什麼時候望女人呢？金榜題名時再望。果然，袁君畢業，在大學教書，買了一幢大房子，在當地報紙登了一個廣告，要找女朋友。

女朋友是他教書的大學的學生，也是上海來的。她找庫房拍賣的廣告，一下看見了袁君的徵友消息，覺得不妨一試，就打了電話去。

袁君說電話這一關通過了，但還要面試。面試要問什麼問題，他都提醒了女方，要她預先複習。

女孩子一見問題有五、六十道，心煩意亂，不想去了，幸好袁君又打電話來，說題目也許苛刻了些，可以少答一點，女孩子這才決心赴考。

袁君坐在家中等待此女，臉板成一塊冷鐵，可打從房幼琳在門口出現的那一刻起，他就笑成了一朵花，如今這朵花已開了七、八年之久了。

大前年初夏的一天，袁君倆夫妻到我家來，說是來面試一個海外工作。

家聲問他在美國大學教授位子上做得穩穩當當的，為什麼要去海外工作？而且那工作是管理性質，跟研究搭不上邊？

袁君笑著說，太太吵得緊呀！

「太太總嫌我的薪水低，在工業界弄好了，十幾萬年薪總有的，可大學教授收入並不見得好，也蠻累的。」袁君說。這次他是去馬來西亞工作，那兒新建了一個電子廠，他去年薪雙倍，還可以僱保姆看小孩，「太太帶三個小孩子好辛苦呀！」袁君說。

房幼琳坐在旁邊不吭聲，家聲就講起袁君學生時代的事。房幼琳才笑了起來。她說，別人都有股票，都發了財，只有袁君做教授有名無實，將來三個小孩教育費怎麼辦？

房幼琳又說她被袁君誤了，嫁了他，書沒唸出來，一下生了三個小孩。而當時跟她同學的女友們，個個有了好工作，只有她在家當主婦。

「主婦有什麼不好？你看我太太，當得蠻開心的。」家聲勸她。

「小舟能寫作，我除了帶小孩還能做什麼，所以我要他把教授退了，回到工業界去，那家電子廠給我們一萬多股股權，股票漲，我們也就不用擔心錢了。」

家聲還是勸他們多想想，教授位置不好找，而工業界機會有的是。人生也不是只為了錢才活著。為了錢，中斷現有的一切很可惜呀……。

袁君若有所思，房幼琳卻下了很大決心似的，「不用怕啦，公司還出錢幫我們請保姆，我騰出手來也可以工作。公司答應幫我安排一個事做，倆人薪水加在一塊，又有股票，賺它個四五年就可以回美國退休了。不然，就這種每月可憐巴巴的一點薪水，怎麼過？」

袁君忙在一旁把頭點得很殷勤。

袁君一家果然去了馬來西亞，臨行前打電話來問我要了我家小妹新加坡的地址。他們全家還到小妹家玩了一次。

小妹說，袁君好像悶悶不樂的樣子，說想不到公司雜事這麼多，過去在大學教書還有寒暑假，現在一年才幾天假。

家裡請的保姆換了好多個，都被房幼琳挑出好多理由換來換去，鬧得家裡很不安定。三個小孩全是在美國出生的，去到馬來西亞水土不服，常常生病。學校又很不理想，英文說不好，中文又不倫不類，倒跟馬來保姆學了不少土話。

房幼琳說，他夫妻倆工資原來講定兩種選擇。一是薪水高，就少拿股票。二是股票多，少拿一半薪水。房幼琳認為工資再多總有個數，而股票漲起來就像火箭，能衝上天去，所以他倆選擇了多拿股票，少要薪水。

在馬來西亞的日子過得一點也不開心，沒有什麼朋友。袁君說很像坐牢，釋放期就是有一天股票上市大漲，他們一家就可以回美國退休了。

不料這家公司生產一直上不去，股票上市的日子總是一拖再拖，讓袁君夫妻揪心撕肺般的焦急，他們很想把小孩帶回美國受教育，可又眼巴巴地捨不下股票。天天把脖子伸得好長盼股票快點上市。眼前總有發財的跡象，可總成不了現實。

終於有一天，公司宣佈股票不上市了，而是把大家的股票與總公司的股票對換，而總公司的股票早掉了三分之二，不值錢。股票等於一張廢紙。

袁君夫妻大病一場，拖兒帶女返回美國。原來的房子出租給學生，因無人管理，居然弄得一派衰敗，雜草滿院，地毯根本不敢下腳踩。而大學早已不要袁君了，如今一個教職上百人申請，誰會要他這不忠心的？他們忙去找政府，領了一點失業救濟過日子。

房幼琳打電話跟我說起她家的這場發財夢，氣得痛哭失聲，對我說，「他總怪我走錯了路，我說你怪我，我怪誰去？只有怪命。錢多錢少一定是前世修下的。我們千辛萬苦，丟了夫人又折兵，還落得個竹籃打水一場空。而有的人，比如我同學小玫，人家丈夫公司股票上市，到手快一百萬總有了。自己在家上網炒股，也賺得肥水滿滿，那像我們，累的半死，繞了半個地球，如今倒成了領救濟金的窮光蛋！天公平嗎？很公平呀！前世修定的命，你拗不過命……」

嗯，前世修定的！我在電話中喃喃自語，不知如何安慰她才好。

# 女人和貓

馬克先生是個獨身了半輩子的工程師，他大學一畢業就進了美國一家世界聞名的大公司，這家公司據說最大的引誘力是善待員工，它能不解僱人就不解僱人，退休時還給退休金，為這些好處，馬克一做就是三十多年。

馬克是美國受過良好教育的那一類人，他沒有女人不喜歡的任何壞毛病，除了工作就是造房子，他在我們這座小城的郊區造了好幾棟木房子，他買來材料自己監工，也自己親手帶著工人做，房子造好了就上市場去賣，賺得還不少呢。

馬克薪水穩定，也算高薪，加上造房子撈外快，不喝酒，不抽煙，連旅行也免了，人們就說這傢伙一定存了不少錢。

馬克的業餘生活都在造房子上了，女人與他接觸的機會不多，美國又不時興介紹認識，馬克就自然而然地成了老單身。

馬克造好房子上市時要找賣房子的經紀人幫他賣，過去幾十年他都找男經紀人幫他，馬克認為女人嘰嘰喳喳，做事靠不住。這一次卻挑了個女的，因朋友說這女人很像男人，做事果斷而有信用，一年就做成好多筆生意。

馬克約女經紀人面談，那女人一見面就發現馬克這個老單身是條對於女人來說很有價值的大魚。女人剛剛死了丈夫，她比馬克還大三歲，可她相信她能夠住他。馬克像白活了半輩子似的，女人經驗十分缺乏，公司同事一律是男的，幫他蓋房子的也是男人。馬克不是不愛女人，而是缺乏機會，他又不喝酒，不去酒吧，女人不會從天上掉下來。

女經紀人把馬克的房子價開得高高的，無人問津，房子沒賣掉，馬克自然要和她周旋。馬克曾想換掉經紀人，又覺得她工作還是夠努力，三天兩頭有人來看房，殊不知來者不是女經紀人的親戚就是朋友，女人用的是緩兵之計。

等到房子真正脫手時，馬克已和女經紀人拍拖起來，馬克有馬克的算盤，他心想娶了她就不用付她經紀費了，馬克把錢看得很重。

馬克和女經紀人閃電般訂了婚。

女經紀人住在離小城開車要一個鐘頭的小鎮，馬克懶，從來沒去過，每次見面都是女人來馬克家。

馬克一個人住快四千呎的房子，光電視機就是巨大號的那種，有游泳池、健身房，女人看了心下喜歡，沒想到自己年紀老大一把了居然還找個有錢又正派的男人，她一心想趕快結婚，以免煮熟的鴨子又飛了。

馬克同意先同居，試婚一兩月就正式娶她。馬克要女人把房子賣了，搬來小城和自己同住，以免兩頭供屋，馬克做什麼事都忘不了錢財上的盤算。

女人很快把房子推上市，又運用渾身解數很快就把房子賣掉了。

馬克興沖沖到小鎮幫女人搬家，一進屋就尖叫著朝外面跑，活像看見了鬼。

女人忙把他扶住，關切地詢問怎麼啦？馬克雙手捂住臉說：「我怕貓，我有貓過敏症，從一生下來就見不得貓，一見鼻涕眼淚刷刷流，還頭疼嘴唇腫哪！」

女人一聽好洩氣，她養了二十多隻貓，貓是她的命根子，她離不開貓呀！

馬克堅決不同意女人把貓運到他家，他說他和貓誓不兩立，女人在他和貓之間必須做一抉擇，或者要他，或者要貓。

馬克獨自又回到小城，天天打電話問女人想好了沒有？

女人想了半個月，最後給了答覆，要貓。

馬克就馬上和女人吹了。

小鎮動物協會立即給女人送了表揚信，誇她愛貓如同生命，寧願放棄美好婚姻。

馬克從此再也不和女人糾纏，據說他如今因這次奇戀而更加恨貓，推而廣之，由貓而恨女人，在馬克看來，他好像對女人現在也過敏了。

貓和女人原來是一種東西呀！馬克逢人就說，當然是和男人們說。

# 簡的故事

簡是美國小城的中年寡婦，她在一家公立醫院當會計。年輕時的簡金髮碧眼，身材纖巧，一門心思只想找個有錢的男人。她討厭刻板的上班族生活，每天早上起床一想到上班，她就氣呼呼地先對家中所有的什物發一頓火，然後氣呼呼地開車去醫院。

簡在五年中換了四家醫院，但都沒有出過小城，換來換去大都因為戀愛問題，她的目標是單身男醫生，如果她工作的那家醫院沒有獵物，她就幹不長，千方百計地調離。

二十九歲那年，她終於出嫁了，丈夫是外科醫生，更確切地說是專門治膝關節的。美國醫生分工很細，簡的丈夫除了膝關節別的一概不理不睬，如果簡的腰痛，痛死了她丈夫也不肯用手摸一下，只會打電話約專門治腰的醫生。

簡一出嫁就辭了工作，做了個專職主婦，簡對做主婦很心滿意足，每天把家打掃乾淨後，就去健身房，她稱這種日子是神仙日子。

簡唯一的苦惱是她怎麼也不生育，甚至連懷都沒有懷過。簡原來倒是個並不說謊的女人，可為生育這樁倒霉事她一天到晚說謊，騙丈夫說她那個不來了，她大概有了，然後每天做嘔吐狀，然後照例是宣告流產，流到第八次時沒有人再聽她的故事，她的心一下被掏空了。

她不看電視上任何有關小孩的畫面，見不得別的女人大肚子。丈夫勸她放寬心，或者乾脆花些錢去請個代理母親，因為簡有太多的問題，要她自己生恐怕是下輩子的事了。

簡不同意，她因為不生育變得性情古怪，需要去看心理醫生。她覺得代理母親會奪走她的丈夫，孩子也跟她不親，簡自己根本不能排卵，如果用別的女人的卵子，再用別的女人的子宮，她豈不是成了個局外人？

簡最喜歡別人問她住在哪？丈夫是做什麼的。這是她的驕傲，住豪宅，有個當醫生的有錢丈夫，最怕人家問她有沒有小孩，一問到這個事兒，簡就成了一頭被激怒的母獅子。

婚後第十一年時，簡成了寡婦。

丈夫留下了不少遺產，簡的生活倒是頗有保障的。丈夫的去世使簡有了東方的哲學或者是宗教思想，萬物皆空。

萬物皆空，當然孩子也是一場空。

簡彷彿解脫了，解脫了的簡從此迷上了東方，她去小城唯一的佛教寺廟燒香、拜佛，還決定吃素，她三天兩頭跑去寺廟幫忙清掃、煮飯，和信佛的人一塊誦經。

簡信佛的高潮是再次戀愛，這與佛教萬物皆空的理論顯然不合，但簡的這次戀愛正是看破紅塵的結果。

她愛上了一位不會說幾句英文，從大陸偷渡來的男人，那男人在華人辦的建築公司當小工，因為沒有合法身分，薪水很可憐，僅夠餬口。

男人住在一幢公寓裡，公寓住的都是黑人，樓梯擺動得厲害，地毯被踏成了泥漿一樣的東西，每月租金兩百。男人在家鄉就是佛教徒，來了美國信得更深，他一有空就去寺廟，寺廟的泥水活他都賣力去做，他燒香敬佛，吃素誦經，希望有一個好一些的人生。

他正是在寺廟碰見了簡的，他和她一拍即合，共同的信仰使他們忽略了人種、貧富差別這些世俗的東西。

但他不能娶簡，他在家鄉還有老婆、孩子呢！一家人眼巴巴地等著他發達了再把她們接來美國，他任重道遠，也很有良心，表示和簡只是露水夫妻，是尊重緣分。

男人住進了簡的豪宅，像簡當年一樣辭去了建築小工的工作，他和她無所事事，每天只有一件有關信仰的大事，去寺廟燒香拜佛。

簡每月給男人的太太和孩子寄錢，所有小城的華人都在饒有興趣地關注此事的最新發展，傳來的消息令人難以置信，都說簡好像有了身孕，肚子尖尖的，想必是男孩呢！

也有人說不是，只是因為簡心滿意足發胖了，說起來她如今正是人到中年，是發胖的最佳年代。

# 不歸的女人

季溫蒂本名叫季小琴，溫蒂是她的洋名。別人的洋名大多是來美國以後才有的，而她的洋名則是在中國時就有了的，那時她是上海外語學院英文系的學生，系裡有一位從美國來的外籍男老師，他給她起了這麼一個名字。

季溫蒂一心一意想出國，她對所有出國的途徑都瞭如指掌，只是實行一個破滅一個，直到她人老珠黃，嫁了人，生了孩子，才被工作了十五年的外貿公司派到西雅圖出差。同來的還有三位男同事，大家集體行動，季溫蒂英文是科班出身，語法比文化低的老美還講究些，她為其他同事當翻譯，大家都為她惋惜，原來季溫蒂的英文真的好棒！

一天與一客商談判，這位客商是早年從南洋移民美國的華人，在美國住了一輩子英文居然還沒季溫蒂好，客商感慨道，說是，季小姐呀，就憑你這口字正腔圓的英文，你在美國混是不愁的！說者無心，聽者有意，季溫蒂留了心，她想自己從少女時代就想出國，幾十年過去才有機會短期出差，雖說以後隨著中國改革開放出國機會相信會越來越多，可誰也說不準呀！

季溫蒂每次和客商談判都在中國餐館進行，她看見這兒的中國人真多，一家大小，其樂融融的樣子，吃得好，穿得好，又很自由自在，而這些人不張嘴不要緊，一張嘴那口英文真是不三不四。她心想，就這樣的英文人家還敢在美國混飯吃呢，自己準能比他們有本事！

她心裡有了小算盤，一天到晚神不守舍，只想如何留下來。她這次來美國也就三週時間，兩週過去，只有一週時間了，她茶飯不思，整個人無精打采。

她給丈夫和女兒打了個越洋電話，告訴他們她想做個不歸的女人，丈夫說，不好吧，小琴，你我還有沒有緣相見倒在其次，你上有高年父母，下有未成年的女兒，在國內也事業有成，如今一律拋掉，值得嗎？

季溫蒂哭了，握話筒的手有些抖，她對丈夫說，你別勸我，我已下定決心了，人生苦短，做些事何必瞻前顧後，咱們還是試一下，弄好了，我把你們都接來美國。

季溫蒂慷國家之慨，在與那位華商的談判時給了他不少好處。她跟華商暗中講好了條件，華商在商約上簽字，好處一落他的腰包，他就得負責幫助季溫蒂留在美國。

商約簽好，外貿公司的人將返回大陸時，大家才發現季溫蒂不知到哪去了，大家急得如熱鍋上的螞蟻，正準備報警時，接到季溫蒂的一個電話，說她已決定留在美國，要大家原諒她，並幫她把她的一個行李帶給她的家人，那裡面有她用這次她身邊所有的錢給家人買的禮物……

季溫蒂原來和華商談條件時，華商答應幫她解決身分，解決工作，那華商手拍胸口說，「季小姐，妳放心，我公司正需要妳這樣的人，妳就在我家吃住，休息一下，玩一下，等精神養好了就去我公司上班。我先幫妳辦工作簽證，再辦綠卡，一切包在我身上，妳只需把心放寬就好了。」

季溫蒂心想，自己幫華商一筆業務就多賺了一百萬利潤，這點忙他當然得幫。

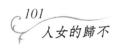

季溫蒂在華商家住了兩週不到，華商就換了一副嘴臉，一切承諾都落了空，季溫蒂和他大吵一頓，華商眉頭一皺大罵她是鬼迷心竅，他拍著桌子說，「妳也不想想，我要收留了妳，妳公司上上下下的人會怎麼看？我還得繼續跟他們做生意，妳如今是喪家之犬，一無可用，我不能為你斷了我日後的財路，妳立即離開我家，趕快給我滾出去！」

季溫蒂心中大呼上當，氣得差一點當場昏倒，她說：「你好狠心，我要告你，在大陸斷你的財路，在美國壞你的名聲！」華商從鼻子裡哼了一聲，說，「由妳去折騰，我根本不會怕妳，大陸那邊，妳已是屎不挑自臭；美國這邊，哼，我一通電話打給移民局妳就完蛋了。」

季溫蒂提著幾件換洗衣服走出了華商的家，在西雅圖街頭毫無目的地走著，天氣很好，是個難得的萬里晴空天，她的淚水都凍在心裡，雙腿如鉛。

季溫蒂就這樣在西雅圖繁華的街頭慢慢地走，她想到回大陸去，可已是身無分文，又舉目無親，連個借錢的人都沒有。

她覺得肚子餓了，卻不敢伸手乞食，她看見街頭的流浪漢，本能地一陣小跑離開他們遠一些，她害怕與他們為伍，可她在想，他們至少還有個合法的身分呀！

她徑直走進了唐人街，一家家餐館問要不要人工作，老板看她一眼，就揮手說，你留個電話，我們缺人時打電話叫你。季溫蒂淚水在眼眶邊流，只好走開了。

她走到了海邊市場街，呆呆地站在那，神色木然無助，一個西班牙裔男人操著半通不通的英文問她可否幫他整理海貨，朝架子上擺冰凍的螃蟹，她連忙點頭，跟這男人走了。

她賣力地做，餓得頭昏眼花時，竟悄悄朝口裡胡亂塞了一隻生螃蟹腿，腥腥的，從那以後，她永遠也不再碰螃蟹了。

晚上，大漢收工了，她望著夜色襲來的西雅圖街景，燈一盞盞亮了，已是萬家燈火，她一把拖住大漢的衣袖，幾乎跪在地上，她懇求大漢帶她去他的住處，讓她有一個不致於露宿街頭的夜晚。

大漢想了想，讓她坐上了他那輛臭哄哄的拉海貨的破車，一路無語，到了大漢的公寓，知道大漢是單身，只是房間亂七八糟，連伸腳的地方也沒有。好在大漢幫她整理出一角沙發，她合衣睡下。

半夜，黑暗中大漢摸上了她的沙發，她什麼也沒有說，只是躺著，如同一截木頭。

從此，人們在西雅圖海邊的漁市場上，能看見一對不很協調的搭配，大漢武夫赳赳，跳上貨架，胸前的胸毛能藏住一隻小兔。他身邊的女人斯斯文文，操一口上流社會認可的英文細聲細語，只是這女人從來不笑，至少，大漢沒見她笑過。

她留在海那邊的雙親早已一氣之下雙雙逝去，丈夫單方面宣佈離婚，如今又找了個年輕的新娘，日子過得很紅火。

當然這一切女人都不知道，她如今既不叫季溫蒂，也不叫季小琴，她是一個賣海貨的女人，名字對她早已無所謂了。

# 虞美人

美西這所名校的中國留學生沒有不知道虞嬋的。見過她的驚為天人，沒見過的當然更想見。男人見了很不服氣，恨她居然糊裡糊塗的就嫁人，他們來晚了一步，只好望人興嘆。

女人見了心情就複雜得多。好心腸的女人覺得她冰清玉潔的，可惜應了句俗話，叫鮮花插在牛糞上了。壞心腸的女人心裡暗暗高興，在這個世界上壞心腸的女人還是蠻多的，她們有些幸災樂禍，心想，這下才好，才公平了，不然這世上所有的好處都讓這小女人一人獨佔了。

虞嬋曾是個科技大學少年班的學生，科大少年班那真是人尖子中的尖子呀！虞嬋十四歲進科大少年班，唸了兩年，正好美國的科學家們去大陸，挑了一些學生來美國深造，虞嬋是那些學生中最引人注目的一位，第一，她是個很可愛、很漂亮的少女；第二，她出身物理名門世家，父親是大學物理教授呢！

少女虞嬋來到美國，那是七〇年代末，八〇年代初，大陸人還很少有機會出國，虞嬋被安排在美東名校唸書。其實，唸物理的又苦、又枯燥，畢業後還不好找工作，工業界嫌學物理的不會動手，理論性太強。唯一的出路是去大學教書，一個外國人競爭教職是最困難的，人家一聽你那口音就不想要你了，學物理的出路太窄，迫使不少人改行，如今不少在華爾街股票交易所工作的外國人都有物理學博士學位，他們當然是改了行了。

虞嬋十六歲來美國，一直唸到有了物理學博士學位，她因為學業好，英文也說得很地道，有人說大概也因為她是一個那麼漂亮的女孩子吧？去大學應徵教職，一下就擊敗了八十多位競爭者，二十多歲就做了美東名校的助理教授。

她是枯燥的大學物理系一道亮麗的風景，這個單薄的女孩子，個頭高高的，像一棵年輕的白楊樹，她穿著打扮很東方，待人接物很懂禮貌，所以，在這所大學，提起物理系的虞嬋教授，知道的人很多。

八〇年代末，九〇年代初，大陸學人開始大量湧進這所大學留學，虞嬋所在的物理系也來了個名叫裴剛文的留學生。

裴剛文是交換學者，來時就有四十多歲了，裴剛文是上海人，很精明能幹，他一來就做了該大學的大陸留學生聯誼會的會長，拋頭露面，引人注目。

有人告訴他說，物理系的助理教授虞嬋很少參加中國人的活動，她來美國久了，有些洋鬼子脾氣。裴剛文說，「我來勸勸她，都是中國人嘛，做了教授也不能擺架子！」

後來，裴剛文發現，虞嬋並不是擺架子，這是個不懂多少人間事的女孩子，只知道讀書、教書，一個人孤零零的住在學校附近一所公寓中，沒有親人，沒有朋友，就是節假日，也是到系裡去工作。她中國人的這一套懂得不多，西方人的那一套又沒有完全溶進去，於是，就像竹節一樣，兩頭不通。加上個性安靜，不太合群，顯得很落寞的樣子。

裴剛文開始常去找虞嬋聊天，不請自到的去公寓找她。裴剛文是個成熟、風趣的男人，很有心計。本來，虞嬋在美國多年，事業有成，應該是她告訴新來乍到的裴剛文怎樣對付美國這個陌生的社會，結果反過來倒是她用手托著腮幫，靜靜地睜著一雙大眼睛在聽裴剛文談得天花亂墜。說起中國種種，虞嬋自然了解不多，說起美國，這裴剛文也是頭頭是道，虞嬋對他佩服極了，覺得他見多識廣，慢慢的，她有什麼事都找裴剛文商量。

裴剛文告訴她不應該租公寓住，白白交房租給人家，於是裴剛文帶著虞嬋在城裡尋房求舍，買了一座很別致、漂亮的兩層小樓。

裴剛文又幫虞嬋搬家，虞嬋主張多叫幾個人一塊搬，裴剛文不同意，說，「你這麼少東西，何必興師動眾？你這個女孩太清純，你不知道欠了人家的人情都是將來要還的。」

虞嬋一聽很著急，就說，「那我欠了你好多人情，將來我怎麼還呀！」

裴剛文一笑，說，「是要還的呀！我都記著呢！」

虞嬋沒吭聲，臉上閃過一絲迷茫的表情。

虞嬋新買的房，後面是一片松林，松樹高高的，下面青藤繞樹，密密麻麻，白天太陽都透不進來，一到夜晚，更是漆黑，加上四周都無人家，虞嬋便覺得有些害怕。她後悔一個人買了這麼大房子，地點也太僻靜了。

裴剛文知道她怕就說，「乾脆我來和你同住，我租你一間房，算是你的房客。」

虞嬋遲疑了一下說，「恐怕不合適吧！別人會怎麼看？」

裴剛文大笑，拍拍虞嬋單薄的肩頭說，「你太老實，在美國誰管這些事？別說人們不知曉我倆的事，就是知道也沒法說什麼的。」

虞嬋還是猶豫，裴剛文看透了她的心事，就用手指天說，「我對天發誓，沒有你許可，我裴剛文絕不碰妳。」

裴剛文搬了進來，虞嬋住二樓，裴剛文住樓下，兩人同住了半年多，都是井水不犯河水，虞嬋覺得裴剛文值得信賴，慢慢的，晚上自己的房間也就不再鎖門了。

一個北風呼嘯的冬夜，裴剛文半夜衝進虞嬋的房裡，佔有了她。

虞嬋哭，裴剛文也落淚，直說對不起她。

從此，生米煮成了熟飯，虞嬋和裴剛文正式同居，同居後她才曉得，裴剛文在大陸有太太，還有一個小男孩，男孩都上初中了。

虞嬋覺得受了騙，她個性本來就沉靜，現在更加沉默寡言，從來不懂多少世事的女孩子，如今有了心事，常常一個人坐在那發愣，也開始偷偷去看心理醫生。

後來，裴剛文的太太知道丈夫在美國已與別的女人同居，氣得死去活來，這是一個非常頑強、很有主見的女人，她發動了所有親朋好友，不停的給虞嬋寫信，她的理論是，丈夫總是自己的，男人嘛，一個人在外面久了，當然熬不住，壞的是勾引他的狐狸精，她咒罵虞嬋，恨不能一口吃了她才解氣。

雪片般的信向虞嬋飛來，幾乎天天一封，弄得虞嬋心驚肉跳。後來，連她工作的大學和物理系也收到了控訴虞嬋奪人之夫的信，老美雖說對這事不很看重，但虞嬋是學校的教師，裴剛文如今轉成學生身分，在系裡唸博士，算是學生，兩人又同在一個系，於是一下鬧得滿城風言風語。

在重大的壓力面前，虞嬋有些失神落魄，精神不太正常，裴剛文見事情鬧大了，也害怕起來，他搬出了虞宅，很少和她說話，見了面，也好像不認識她似的。

虞嬋的父母在大陸聽說此事，覺得女兒長年在國外，小小年紀就出外求學，沒有人生經驗，十分擔憂，立即與美駐中國使館聯繫，想趕來看女兒，可虞嬋已無能力給他們辦赴美文件，她當時已病得恍恍惚惚。

老人把情況再次向使館說明，並通過虞嬋所在的大學要求去看望女兒，可等到他們拿到赴美簽證時，虞嬋已在自己家裡上吊自殺。

虞嬋的死轟動了整個大學，甚至小城，她沒有留下隻言片語，平日又極低調，從不與人深交，加上後來精神已不太正常，大概患了憂鬱症，對她的情況大家都不很了解。

所有的人都覺得她死得可惜，這麼有才華，這麼美麗，甚至可以說這麼幸運！當年，同樣是物理系出身的盧剛因為畢業後找不到工作而開槍殺死同學、導師。而虞嬋卻有一份教職，工作穩定，於是，大家都長噓短嘆，覺得虞嬋的死實在不值，為裴剛文這樣的男人，太不值了，太傻了。她還才三十歲剛出頭，人生的路還很長呢！有一個女同學說，為什麼選擇死呢？就是奪人之夫也不是什麼大罪，怕什麼？這個女同學的男朋友也是有婦之夫，她卻滿不在乎。有人說，虞嬋人生的路走得太順利、太輝煌了，一有挫折就經受不起。

裴剛文倒躲過了被指責的命運，他和虞嬋的事，只有他自己最清楚，他不說，別人怎麼搞得清楚？

裴剛文不動聲色，加緊了博士論文寫作，順利通過答辯，並積極找工作，同時四處奔走把太太兒子接來美國，原來不讓他太太出來的國內某單位也大開綠燈，說是再不放人家太太出來，先生就要被狐狸精勾走了。

很快，裴剛文雙喜臨門，博士拿到了，找了一份在社區大學教書的職位，薪水一般，但很穩定。而且太太、孩子都辦來了美國，用童話中最常見的話來說是，他們一家在美國過著十分快樂的日子。

虞嬋的父母將女兒火化後萬里迢迢歸葬在她的故鄉了。從此，她在美國的往事將雲消霧散，大學的人來來往往，後來的人提起虞嬋這個名字，已茫然不知其生平事跡了。

# 臺灣女人李佳

在我們這樣的西北小城裡，早先是沒有多少華人的。華人移民在西海岸一登陸，看見舊金山那種迷人的好地方腿就再也邁不動了，敢於往西北方向走下去的，最多也就到了西雅圖住下來，可西雅圖那一帶民風我看比較強悍，移民早年在那一帶是受過欺負的，不知為什麼西雅圖附近的塔卡瑪的美國人向來敵視外來移民，這次在西雅圖反對世貿會的主要是那一帶的人。去年冬天我和家聲開車到塔卡瑪海邊一家店子買薰魚，那老板娘把所有客人，無論比我先來還是後到的都打發光了也懶得理我，最後我憤而離開了這座百年前因排華而聞名於史的城市，我們開到西雅圖，在大排檔上買到了魚，當然比那家店貴多了。

我們這裡的老美沒多大本事，他們過去只有幾條出路，一是種地，二是當兵。你可以碰見不少老美對你說幾句中文、越南文或者韓國話、日本話，千萬不要以為他很四海、很國際，他只不過是在那些國家當過兵。

所以，我們小城有一批最早的華人移民，她們不是當年西雅圖、塔卡瑪排華時被白人強裝進火車送來的移民，那些移民都被送到波特蘭去了，她們是與美國大兵結婚後移居美國的，她們大都來自於五、六〇年代的亞洲，其中又以臺灣來的居多，其中有一位如今六十多歲的李佳的身世最令人感慨。

聽李佳的描繪臺灣過去絕不是如今這般「臺灣錢，淹腳目」的，她是六〇年代在臺灣一個美軍俱樂部做女招待時認識麥可的，麥可是美軍大兵，那時臺灣人眼中的美國就跟天堂一樣，小孩子穿著美國援臺的麵粉袋做成的衣服到處跑，腳上連鞋也沒有一雙，因為打赤腳，李佳被蛇咬過，她能高攀上天堂來的麥可，在人們眼中真像一隻白天鵝。

全家人盼著她早日嫁給天堂來的人，她的出嫁令外人羨慕不已，她跟著麥可回到小城，一點也不驚訝麥可家不過是鄉下的農民，農民也比她的故鄉人富有千倍、萬倍！

李佳嫁到美國後，成了一個農婦。當然是美國的農婦，賣了菜，收了果，殺了豬，一年辛苦有了回報，李佳就要給臺灣的家人公開或偷偷寄錢，臺灣家中兄弟姊妹一共六個，她是長姊如母，弟妹們讀書、結婚、育子都是她寄錢回去資助，有時一時湊不夠錢，父母兄妹就會寫信來催她。

由於一天到晚只惦記著給臺灣娘家寄錢，李佳在丈夫家人眼中沒有地位和尊嚴，婆婆笑稱她是漏斗，什麼都會漏掉，什麼都往娘家搬，在家人眼中臺灣有一大群待哺的嘴，真是永遠也填不滿似的。

李佳自己生了兩個兒子，務農人家本身也不寬裕，因為太顧貧窮的娘家，她自己沒有積蓄，穿得不好，吃也很省，為此丈夫對她頗有怨言。

不光李佳如此，這一帶嫁給美國大兵的臺灣新娘個個如此，都有一個讓人滿心瞧不起的娘家，那時大家湊在一起時，只有一個話題，那就是怎樣寄錢給臺灣娘家，大家來美國好多年都沒有回過娘家，機票並不是完全買不起，而是捨不得，娘家人說，花這麼多錢回來又頂什麼用？還不如把錢寄給我們用呢！

貧窮的娘家使這兒的老美有時會講一句笑話，說，你娶了臺灣新娘，那你就娶了她一大家子兄弟姊妹、親朋至愛，你永遠餵不飽這些饑餓的嘴。

所以李佳從來對後來富裕的臺灣移民瞧不起較貧窮的大陸移民執批評態度，她是知道當年她如何走過來的，當年她和一幫嫁老美阿兵哥的臺灣新娘比大陸移民現在的狀況差得多，要說窮，她們那時更窮。

後來，李佳開始和丈夫一同在城裡打工，婆婆和公公依然務農，她已是美國公民，便開始為父母兄弟姊妹申請移民，這一舉動使婆家人害怕極了。

李佳不顧婆家人的反對，堅持給娘家人辦了移民，她覺得這是她的人生責任。辦移民使李佳與婆家人的關係日益緊張，丈夫還差一點跟她鬧離婚，但她自己和所有人都沒有想到，後來事情發生了翻天覆地的變化。

臺灣經濟起飛了，真是三十年風水輪流轉，李佳的娘家人做生意一下發了財，自家還有一家規模不小的公司，錢真的是淹腳目了。娘家幾十年來第一次不光不要她寄錢回去，反而寄錢給她，數額越來越多。

婆家人覺得李佳一下子由灰姑娘變成了白天鵝，對她不得不刮目相看，並不是勢利眼，實在人的經濟地位決定人的社會地位，李佳娘家的雄厚經濟實力使這家在美國說起來處於中下生活水準的普通美國人家一下子富裕起來。李佳的父母兄弟給了她一大筆錢買了農場、加油站，丈夫總說是在做夢，怎麼貧窮老婆的娘家一個個都成了富翁似的。

不僅李佳，城裡有不少當年嫁給美國大兵的東方新娘都有了變化，至少娘家不再像過去一樣追著她們要錢了。

李佳的兄弟姊妹來到小城，他們財大氣粗，買豪宅用現款，個個開好車，李佳的婆婆已快九十歲了，她覺得她這一生中所看到的最戲劇化的人生景象就是媳婦娘家從叫化子一樣的貧窮人家一下子變得如此富有。

李佳在家中說話算話，兩個兒子過去很為他們身上有一半中國人血統難堪，如今自覺自願，結婚生子了又去跟母親學中文，天天跟著母親的娘家人轉，麻將打得嘩嘩地熟。

李佳的丈夫一生中都沒有得志過，本是農人之子，唯一的冒險是當兵到過臺灣、韓國，萬萬沒想到活了半輩子突然從地下冒出來似地老婆的娘家人個個都富得流油，昔日的窮親戚成了闊佬，居然一送就送他農場啦、加油站啦，其他小恩小惠更是天天都有，他樂得眉開眼笑，跟人講他這一生中只做了一件驚天動地的大事業，那就是找了一個好老婆！

# 世界太小

兩人不見，正好十年。

十年一覺揚州夢，當雅歌將超市的東西放進車裡時，忽地一下下起了瓢潑大雨。

她在雨中皺了一下眉，雅歌的眉清麗如含煙的遠山，伸入光滑寬闊的鬢角。她仰天望一下如墨的天空，心想這單身女子的日子實在很難過。

本來，像她這樣很招人喜愛的女子的身邊應該有一位殷勤的男人，為她在風雨中撐開一把傘，為她推一把沉重的購物車，甚至一同回家，為她煮一杯香甜的咖啡。

雨下得更大了，雅歌索性甩甩一把長長的飄髮，站在雨中，像一尊塑像。

忽然，她的頭頂上撐起了一把傘，那傘不大，還破了一個洞，但它畢竟是一把傘，雅歌心暖如春，忙把視線移向了傘的主人。

就在她和他目光相遇的那一瞬間，兩人都驚叫起來了。

驚奇之後就有些不好意思，她和他認識，他倆本是大學的同學，當年他為了追求她，居然寫了一張血書，那暗紅色的心字由他鄭重交到雅歌手裡時，雅歌的反應是掉頭狂奔。記得那時也是下起了大雨，血書在風雨中落在校園那一條長滿草的荒路上，不知所終。

她不愛他。

之所以不愛，理由似乎很多，但歸根結柢，是她覺得他太平凡，不優秀，班上三十多位同學，他考試成績總在中下。而雅歌是個那麼好強的女孩子，她在自己的床頭貼著一幅座右銘，上面是：「為什麼不做最優秀的？」

後來，雅歌看也不看他一眼。畢業後，雅歌又考研究所，又準備來美國，做了人們眼中最優秀的女孩子，可青春卻一天天遠去。

愛情呢？倒有過幾次，但雅歌眼界太高，她看上的男人與她無緣，喜歡她的男人她又看不上。

如今，在這異國他鄉遇到大學時代的老同學，她從他略白的鬢角中覺得自己也老了。

雅歌對他說，「我家就在附近，雨下得這麼大，到我家喝杯熱咖啡吧！」她覺得自己此刻誠心真意。

他點點頭，開著車，尾隨著雅歌的車，在大雨中，兩人都小心減速而行。

雅歌從車窗鏡中看著他的車，是一輛很舊的車，已經不再光亮，而雅歌的新豐田豪華車在雨中顯得神采愈加飛揚。雅歌在心頭輕輕嘆了一口氣，心想，自己當年的眼光真不錯，這個男人到底沒混出個模樣來。

進了雅歌收拾得舒適乾淨也顯得殷實的家，他靜靜地一言不發。誰說時間最能療傷，他此刻心裡還在痛呢！打量著這個在他風華最茂時深愛過的女人，他有些世事滄桑、時過境遷之感，隨著第一杯咖啡緩緩下肚，他再次抬起中年男人寬厚的雙眼，打量她和她的小巢。

雅歌知道自己房間總是有一股冷清，於是，她起身扭開了音響，一個滄涼的舊曲子，是她聽不厭的。

她下意識的想掩蓋自己的冷清，就熱烈地說起她這些年的經歷來了。她說起自己如何考托福來了美國，又如何拿到全額獎學金，讀了博士，找到現在這份年薪傲人的工作，入了美國籍，買下住宅，一次付清的汽車。說著、說著，她眼前又晃動起當年大學那條長滿草的荒涼小路，那個血寫的心字卻不知所終……

她終於沒有勇氣再說下去，於是，她問他，「你呢？這些年可還如意？想必不壞，至少，你來了美國，俗話說過得江來就是龍，你能來美國，說明你一定還算優秀……」

他站起身來，把殘存的咖啡倒在水池裡，原來那麼可口的咖啡在潔白的水池中只呈現出一股穢色。他愣了一下，對雅歌說：「對不起，我要告辭了，我太太和孩子在家等著我呢！」

她起身送客，一陣惆悵。

星期一上班，她和他竟在公司辦公室裡重逢，原來他是她新從新澤西州調來的上司。

世界這麼小！

# 大款喪妻

大款，是大陸近些年的流行詞，說起來很是響噹噹的。大從名城大邑，小到僻遠鄉鎮，都有自己不同級別的大款。

大款其實就是富豪之意，只不過用大款一詞表示新潮罷了。

上海有一位名牌大學出身的鄭姓商人，專做高科技生意，手下有百多名員工，靠組裝和直銷電腦起家，也賣行動電話，甚至靠在美國也十分先進的網路技術研發賺了一大筆錢，他在上海、北京、深圳買下豪宅，光名車就有幾部。

鄭大款的太太是他的同班同學，上大學時，鄭大款還不是大款，而是來自被上海人口口聲聲瞧不起的江北地區，家中父母都是農民，鄭大款那時背著用鄉下土布做的行李袋，土頭土腦的進了花花世界大上海。

在大學，他和太太李雪波結成了抗爭同盟，因李雪波和他一樣，也來自江北地區，女孩子李雪波一張臉長得好長，上海同學就給她送了個綽號叫李馬臉，一個女孩子被人起了這麼個綽號，人生的前景看起來實在很暗淡了。

李雪波不光臉長，眼睛還細小，頭髮焦黃焦黃，誰都擔心會沒有人願娶她，鄭大款當年因是農家子弟也正受人瞧不起，於是他索性反潮流，畢業後就先是和李雪波拍拖，拍拖了沒幾次，他心想雪波長得這麼難看，拍拖原意是要把女朋友給眾人看，所以拍拖要上街啦，一同去看電影啦，逛公園啦，都是大庭廣眾的地方，手裡攙著這麼難看的女朋友，實在讓人更加瞧不上他，趕快結了婚算了，結了婚就是老婆，老婆難看一點別人也沒興致評說不休。於是，他和醜姑娘李雪波就結了婚。

現在大陸改革開放，有本事的人都折騰個夠，發財成大款了。鄭大款也索性辭了職，自己辦了一個公司，本以為太太李雪波能幫上忙，她也是名校電腦專業畢業的，可李雪波不肯，她覺得一個家有一人出來冒險，另一個吃政府皇糧比較保險。

鄭大款也就依著她，自己出來沒日沒夜的打拼起來。

他是白道黑道都上，開後門，拉關係，甚至搞些賄賂。別人剛起事時大部分是太太搞公關，他不行，李雪波那模樣男人見了沒有不倒胃口的，他只好花大錢僱了秘書小姐，鄭大款對女色很警惕，他心想女人嘛！臉長得不好看無關緊要，燈一黑用不著看那張臉，李雪波身材不錯，用不著和漂亮小姐上床，萬一李雪波發現，一定會鬧個天翻地覆，這女人絕對是個醋罐子，哦，是個醋缸子呢！

鄭大款做高科技生意像是順水行舟，那錢嘩嘩地朝他湧進來。

他一直擔心人民幣會貶值，為保險起見，他把一部分錢變成豪宅、名車等貼身享用，一部分便換成美元，也是很大的一筆數目。

有人勸大款去買一些小國家的護照，為自己多找一條退路，他不想這樣做，那些小國政權更換得快，新政權一下就敢翻臉不承認上屆政府的護照，錢等於扔到水裡去了。他想來想去，覺得把老婆李雪波送去美國最可靠。

他的錢夠投資移民，不過據說手續繁瑣，也不定能辦成。倒不如送老婆去自費留學來得簡單，他跟李雪波一商量，李雪波也覺得可以試試。

他倆都是名牌大學學電腦的，特別是李雪波當年成績是拔尖的。他倆主意一定，李雪波立即開始攻讀英文，考托福，聯繫大學。

忙了小半年，美東一所名校就給李雪波寄來了入學通知書，很快又在美國駐上海領事館拿下了簽證。

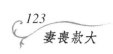

鄭大款把這些年來做生意賺下的錢幾乎通通交給了李雪波，要她在美國投資房地產，「舒舒服服的過日子吧，我在這邊打拚，賺下的錢都寄給你，美國那地方政局穩定，等我錢賺夠了，就去美國投奔妳，妳先把基礎打好吧！」鄭大款對李雪波說。

「兒子也讓我帶走吧，你忙，怎麼顧得上他呀！我一去就請個女佣，做飯，帶小孩，我則一心一意唸書，找個工作拿綠卡很容易。」李雪波說。

李雪波帶著兒子和萬貫家財到了美東那所大學留學，果真請了一個中年婦女做管家，她開名車，住高級公寓，一到週末就帶著五歲的胖兒子上餐館大吃一頓，日子過得神仙一般。

鄭大款的生意也越做越紅火，他把所有的錢都找人換成美金，通通轉移到李雪波這裡來。

鄭大款的姊姊有些擔心，有一天提醒弟弟說：「你就那麼信任李雪波呀！錢都交給她管，兒子也被她帶走了，萬一她起了壞心眼，跟別的男人跑了，你豈不是人財兩空！我看你應該留些心眼，錢不要全部都給她了！」

鄭大款笑著說，「放心啦！李雪波那樣醜的女人誰能看上她，我對她一百個信任，這就是找個醜老婆的好處呀！」

李雪波在美國過著神仙般的日子，有錢能使鬼推磨，她算是服了發明這句俗語的人了，有了錢，她無憂無慮，什麼事付錢就有人替她跑腿辦了。

兩年一晃就過，李雪波碩士畢業，運氣好正趕上美國經濟形勢不錯，各大公司都搶著要人，她進了紐約一家高科技公司，又花錢請最好的律師，幫她辦了職業移民，綠卡一到手，她就開始買了一幢大豪宅，又購進數套公寓出租，股票、共同基金也購進不少，那鄭大款的錢還是源源不斷的湧來，加上李雪波自己也有一份高薪，她和鄭大款商量，決定花錢請個財務顧問。

財務顧問叫高士林，來自臺灣名校經濟系，又在美國取得博士學位，任職於華爾街投資公司。高士林長得一表人材，身上的西裝都是名店出來的，他搞財務顧問，接觸的都是有錢人，當然要講究儀表、風度。

起初，高士林對李雪波並無太大興趣，他手上客戶很多，有錢人多得是，他心想李雪波是從大陸來的，大陸富人畢竟不多，沒想到李雪波把自己的財產申報出來時，倒真嚇了高士林一跳，心想這個女人身家不低呀，自己得好好待她。

高士林有太太，太太是他的同學，畢業後跟他同在一家投資公司工作，被公司派駐香港，一去就是好幾年了。兩人太平洋上飛來飛去，感情還是蠻好的。

李雪波常請高士林來家，或商討投資理財業務，或請家中管家炒些拿手小菜款待他，漸漸地，兩人越走越近。

李雪波心裡早有盤算，她心想鄭大款的錢她也撈夠了，自己又是電腦工程師，有專業在身，這一輩子是不必為錢財小事操心的了。只是與鄭大款分居兩國，兩人所想所做都有不同，自己不願回去，鄭大款也放不下國內的生意，她身邊缺少個男人總覺得寂寞，用錢買小白臉當然可以，過去她也做過，可這明顯不是長久之計。她想要的是一個丈夫，使她可以拋開鄭大款，不是她狠心，而是現實使她必須這樣做，她需要的是可以在美國和她一同生活的男人，大陸離她畢竟太遙遠了。

她知道自己醜，可男人也有眼光錯亂、情人眼裡出西施的時候，這高士林有材有貌，太太又不在身邊，也許是個可以下鉤的大魚。

有一天晚上，她又約高士林來，她一絲不掛的投入了高士林的懷抱，高士林沒有推開她，他想這個女人除了臉上的五官不美外，其餘一切都是上等的。他得到了女人，還有金錢，甚至還有一個現成的胖兒子。而高士林與太太婚後四年，已被醫生判斷為不育症。

不久，鄭大款收到了李雪波的離婚申請書，她大方地對鄭大款說，「我倆從此井水不犯河水，過去的事一筆勾銷，我也不找你要孩子的撫養費了。」

鄭大款搖頭苦笑，他剛剛匯往美國一筆巨款，現在賠了夫人又折兵，唯一的安慰是，李雪波長得真醜，舊的不去，新的不來，他可以找個漂亮太太了。

# 不測風雲

敏太太的姓在中國人中比較少見，她是河北長樂縣人，當然這是指她的祖籍。

敏太太從來沒有去過長樂，卻從小就聽長輩們說敏家的人是不許哭、不許沮喪的，他們來自長樂，當然要一天到晚快快樂樂的呀！

敏太太真的沒哭過，沒大悲大傷過，完全用不著，她天生好命，父親在馬來西亞經商，生意做得好旺，母親料理家務，其實不過是總管而已，家裡廚子都有三個，佣人一大群，南洋的華人富了，都是指婢喚奴，前後有人捧著的。

敏太太從新加坡的萊佛士中學畢業就來美國留學，銀行存進一大筆錢，車子到車行挑就是，唸的是早知道將來找不到飯碗的專業，不過是混塊牌子，將來身價高些，能嫁個好男人就行了。

果然，大學一畢業，她就有了著落，從從容容的嫁了。

丈夫是臺灣高雄世家子弟，家裡很有錢的，唸的是電機博士。敏太太陪他唸了幾年書，生了兩個小孩子，畢業後，丈夫在我們這座美西小城找到一家高科技公司做事，敏太太一家就從新澤西州搬了過來。

他們揮金如土似的，在哥倫比亞河邊買了一座四千呎的豪宅，那片豪宅設計很奇特，房子後門緊靠哥倫比亞河，敏家還有自己的小碼頭，可以停船、垂釣。到底是東方人，敏太太興致來了，會沿著碼頭而下，到河邊淘米、洗菜，很有古樸之意。

豪宅的正前方是一條早年修建的鐵路，彎彎曲曲的通向未知的盡頭，鐵路不是客運用的，只拉木材，一天兩趟，早上十點，下午五點，汽笛嗚嗚地叫起來時，敏太太會一手拉一個小孩子的手，感動得心靈都在顫動，她有些想念東方遙遠的家。

華僑心裡缺少的就是那種腳踏實地的情結，敏太太不知道這幢河邊的大屋，載不載得動她的一生。

敏太太在小城有不少朋友，其中一位朋友喜歡跟她講風水，這位朋友每天翻《周易》算來算去的，她到敏太太家來，左看右看，有些慌亂。

「魏太太呀！（敏太太夫家姓魏，可她總說她是敏太太，她喜歡這個稀有的姓氏）你買屋應該講講風水哦，你這屋後面是水，背水一戰；前面是鐵路，鐵路上還有一個欄杆，每天關閉兩次，前後都是橫著的，你後無退路，前面也是橫腰一攔，你住這種房子，要小心哇！」

敏太太不慌，她心想，福地福人居，我怕個什麼呀！自己從小命好，丈夫更是總是走運的人，怕什麼呀！

丈夫進的這家高科技公司股票還沒上市，分給丈夫不少原始股，每股七角美金，上市估計一股有四十多美金，這一發又是撐破錢包。只是公司很忙，很累，丈夫每天都要加班，夜裡十一點以後才回來是常有的事。

敏太太心疼丈夫，她到東方店去買竹絲雞，又去附近華州的參場買花旗參，每天燉雞給丈夫飲湯，女友們笑她活像侍候月子裡的女人似的，敏太太就笑笑，說，「不補能頂下來呀！只怕鐵打的也經不住這番累呀！」

丈夫提升了兩次了，一提升一次公司就配多一些股給他，敏太太心中惦量著將來公司股票上市錢如房後的流水源源不斷，心裡很樂，她想自己又不是沒見過錢的小戶人家的貧寒女子，可是這家公司前景看好，丈夫跟著當然也有前途了。

一天，丈夫又說要去加班，匆匆吃了幾口飯就要去公司，敏太太正忙著餵小孩吃飯，丈夫就打開車庫門走了。

敏太太忙過來，發現丈夫一碗飯只吃了一小半，抬頭一看牆上的鐘已八點多了，平日加班都到深夜，肚子餓了頭會昏的，她想了一想，就撿了幾塊鹽漬鴨塊、清炒竹筍，盛一飯盒飯，叫大的孩子看好小的，開車去公司給丈夫送宵夜去。

敏太太駛進公司的停車場，停下車，拎著飯盒朝公司大門走，只見公司門前圍著一群人，警車也來了，亂成一團。

敏太太無心看熱鬧，正想繞開，聽見一個聲音在叫她，是丈夫的同事小蔡。

「哎呀，敏太太，魏道超出事了，你怎麼這麼快就曉得了？」

「什麼事？」敏太太一驚，手裡飯盒掉了，飯菜撒了一地。

「不好講啦！事情還不清楚，你莫急呀！」

敏太太急了，也懶得跟他囉嗦，就朝公司走去，沒想小蔡跑過來拉著她朝警車跑去，她一顆心跳出來似的，一看，丈夫躺在擔架上，臉色慘白，頭歪向一邊，鮮血從胸口浸了出來，她一見到這情景，哇地一下哭了，邊哭邊在想，敏家的人到底還是會哭的。

丈夫還活著，只是昏了過去，敏太太瘋了似地揪住一位警察，問「兇手呢？兇手是誰?」

不等警察回答，她就朝地上一倒，不省人事了。

醒過來時是在醫院，身邊坐了個哭哭啼啼的女人，她叫簡妮，一個漂亮的南美女人，丈夫手下的工程師，她剛新婚不到一年，丈夫是同公司的工程師。簡妮結婚時，敏太太和丈夫去參加她的婚禮，記得丈夫挑了很貴重的禮物送她，那天晚上敏太太有些落寞，丈夫的眼睛一直追著新娘，也難怪，簡妮實在很漂亮。

「魏先生約我出去，你知道加班很累，我們想到外面透口氣，在無菌室裡實在很辛苦，剛一出去我丈夫就尾追上來，朝魏先生開了一槍……」

敏太太覺得從昨天到今天她彷彿活夠了一輩子，那個長樂出來的後代一夜之間傾倒了一生的淚，她用手蒙住臉，喃喃地說：

「事情就這麼簡單嗎?真這麼簡單嗎?」她一直是個簡單的女人，到昨天為止。

# 楊花似雪

楊子昂坐在飛馳的汽車裡，思緒卻一點也開動不起來，他把身子坐直，順著州際公路拐入了早已在出發之前默記在心中的九十九號公路。

他聽從大姊的勸告，到那去見一位和大姊在一個部門工作的女孩子。大姊說，她叫婕西卡．李，也是華人，只是土生土長，中文已說不利索。

楊子昂在電話中一口答應了大姊，他十五歲時和父母依親來到美國，大姊辦他們來的。大姊大他近二十歲，他和她同父異母，但大姊對他還是很親的，父母相繼過世後，長姊如母，那時他已上了大學，大姊工作周濟他，大姊終身未嫁，他心中老覺得大姊不嫁跟他多多少少有些關係，是他拖累了她。他不說，大姊也看得出他的內疚和感激，大姊就笑著拍拍弟弟的肩說，「是我自己與男人無緣。」每當這時，他就低下頭，不忍去看大姊鬆弛的脖子上下抽動得厲害，這是女人最藏不住年齡的地方吧！

他大學畢業，自立了，學經濟的他在一家全美大型連鎖店工作，總是很忙，難得和大姊好好聚聚。大姊在政府部門工作，不鬆不緊的，於是碰著感恩節啦，聖誕節啦，大姊就開車來看他。大包小包的從車後廂拎出食物來，姊弟倆人靜靜的住上幾天。

大姊在的日子真好。壁爐裡大塊的松木燃燒著，廚房裡大姊輕手輕腳地忙著，她出國離鄉時還是少女，如今卻成了五十多歲的婦人，但她還記得家鄉菜，他們是河南人，食物不精細，但認真起來也不遜色。

大姊給他做麵條，加些雞蛋和菠菜汁，厚厚的鋪上雞胸脯肉，他一口氣能吃好幾碗。

「俺（我）娘在世時，就常做麵條，她放的是豬肉，豬肉便宜。」大姊微笑著說，看著他狼吞虎嚥。

大姊的娘不是他的娘，他娘和大姊的娘是情場上的勁敵，她倆較量了一輩子，兩敗俱傷。

每當大姊提起她的生身母親，楊子昂就心中咯登一下像被刺扎了。

他沒有見過大姊的生母，但知道她是一位老式的鄉下女人，卻嫁了個風流倜儻，很有魄力的男人，男人後來進了城，她就留在鄉下侍奉男人的母親。

楊子昂的母親和這頑固的鄉下女人打了一輩子纏不清的情感官司，沒有陪審員，甚至連法官也沒有，兩個女人就這樣默默爭戰了一生。大姊的母親至死都保住了她在楊家的正統名分。而楊子昂的母親卻在事實上擁有了楊家的男主人。

大姊的生母堅持要把唯一的女兒送到丈夫的身旁，這可憐的女孩子在與她年齡相仿的後母面前永遠手足無措。楊子昂記得大姊和母親怎樣水火不容，而挑起事端的總是他的母親。他父親不知怎樣平衡這複雜的家庭關係，於是他把女兒早早打發到寄宿學校讀書，大姊就一路與書本做了閨中伴，甚至飄洋過海到了美國留學。

大姊的日子一定很苦，那時他們一家早已從大陸逃到臺灣，父親從軍界退下來，和同鄉搭夥做小生意，父親哪裡是做生意的人呢！不是蝕了本，就是被人連本帶利一塊獨吞了。母親是富家小姐，一輩子放不下身段，不肯跟柴米油鹽打交道，家裡別說沒有周濟過大姊一分錢，連每月的開銷都眼巴巴地等著大姊從美國匯來。母親在燈下抖抖縮縮地數著大姊寄來的錢，催促父親快點給大姊寫信，她自己則在父親的信尾附上一行字，「雅琴附筆問好，祝健康。」楊子昂記憶中的母親一臉嚴肅，看不出她內心在想什麼，不知那時她心裡是不是已覺得愧對大姊？

大姊又把一家辦來美國，起初，母親執意不肯來，她那時身體已很壞，想必怕來了大姊嫌她。父親先來，又像當年大姊的生母一樣，母親堅持要十五歲的楊子昂同父親一塊走，他不肯，覺得母親一個人留在台灣很孤獨，母親就狠狠用手在他尚稚嫩的肩上掐了一把說，「你也要像楊子姝一樣有出息才好，不然我白跟了你父親一場，倒得罪了楊子姝母女……。」楊子姝正是大姊的名字。

母親後來還是來了美國，不到兩年就去世了。大姊一手料理了她的後事，又在第五年送走了父親，接著就是送楊子昂上大學，忙忙碌碌的，或許，也是老天捉弄人，大姊始終沒有嫁人。

楊子昂自己也對交女朋友淡了許多，在上大學時，他倒認真和喜歡的女孩子拍拖過，那時年少不懂事，還暗下裡覺得大姊不嫁大概是長得不算漂亮，性格也欠活潑，不知大姊為家庭付出太多，雖說嫁人要靠緣分，可大姊這些年來負擔太重，恐怕也是她獨身的原因吧！

有一次，楊子昂和大姊談起此事，那時他剛剛買下生平第一棟房子，大姊冒著風雪，驅車四個多小時來幫他佈置新屋。

兩人煮了咖啡，坐在空蕩蕩的地毯上，談了許多。大姊盤著腿，注視著壁爐的火苗，叫弟弟小心，睡前把爐門關上，要好好照顧自己。

「將來你有了太太，做大姊的也就不那麼操心了。」大姊說。

「大姊你也該成家了，我們大學的女教授，六十五歲還第一次做新娘呢！」他說。

「哦，有些事你不懂得，我看了爸媽和我娘三人糾纏不清的一生，心也就淡了，也許親情就可靠得多，親情是多多益善，愛情就比較自私。再說我也沒有碰上一個我想嫁的人……」大姊說，在弟弟的咖啡杯裡放下一塊方糖，而她自己，向來是喜歡苦澀一點的咖啡。

他漸漸的也過慣了獨身的日子，一晃就三十好幾了。

這期間，他錯過了好幾起很可能使他結束單身生涯的姻緣，他想他怕是會和大姊一樣，一生只結親情緣分的了。

大姊一再給他介紹女友，他從不回絕，總是依約定前去相見，但幾次交往下來，對方就發現他根本沒有上心。

這次結果肯定又是一樣，當他把車停在一棟周圍植滿加拿大楓楊樹的幽靜院落時，他從搖下車窗的汽車上看見兩個女人正向他走來，春風中，楊花似雪，紛紛落下，他張開雙臂，向他的大姊奔去。

# 幸運兒和倒楣人

## 一

李君原是個平凡的人，他因出生在大陸極左時代，父母便幫他起了個名字，叫李反帝，反帝，反對帝國主義是也。此名一叫幾十年，直到他在美唸完博士，成了電腦工程師，還是名叫反帝。老美弄不清此中深意，叫得很歡，老中覺得好笑，都勸他改個名字。李君正在想改不改時，他的人生旅程就發生了一系列的大變化。

他從此離開小城，到加州去了。

加州某一電子公司，面臨生死存亡的關鍵時刻，公司很快就要破產，垂死掙扎之時，公司主管在一次會議上碰見李君，發現此君有一手絕活，掌握了一種高科技技術，這本是李君原服務的公司的企業機密，此主管叫李君做叛徒，到他公司去做，答應給他三倍於原公司的薪水，還有諸多好處。李君見利忘義，立即答應了，再說這在美國也是稀鬆平常事，跳來跳去才有出息嘛！

李君到了加州那家公司，也曾拚命幫公司渡難關，但終是回天乏術，公司關閉了他所在的部門，李君要失業了。

公司給了他一筆慰謝費，據說也是好幾個月的工資，他薪水高，一下塞進錢包不少。不出一個月，他就找到了另一家公司。

這家公司狀況也不妙，沒給李君多少薪水，倒塞給他一大把公司的股票。當時這家公司股票天天掉，如同廢紙。所以李君太太特意打電話給朋友說，「我們反帝心灰意冷，悔不當初不叛變某公司就好了！」

不料，不出兩月，這家公司一下就被另一家大公司收買了，股票一下升了上去，李君又賺進一大筆。

李君擔心今年要交不少稅，叫太太趕緊辭去工作在家洗衣做飯，以求免些稅。

太太在家無事可幹，便天天想著給丈夫改個名字，想來想去，覺得叫Lucky李很好。於是，李反帝現在叫幸運李了。

## 二

一九七七年大陸恢復高考時，趙君是某大省市的狀元郎，為此，當時在青年中最受歡迎的一家雜誌用他的求學事跡寫成一篇振奮人心的報告文學，題為「命運奈我何？」講他怎樣跟命運挑戰的人生事跡。

趙君相信人定勝天，他父親倒楣了一輩子，他母親和他父親吵架，氣極了時總會來上一句，「你這個人最後死時還要倒一下霉的，到火葬場火化，正巧碰上那天停電！」趙君從小知道命運對他一家人不公，他說他要抗命。

趙君果然靠勤奮和努力到美國唸了博士，可他學的專業那時不景氣，找不到工作，他一個博士只好打了三四年餐館工，賺了一些錢又去唸了個電腦本科，進了一家高科技公司，可只是個技術員，薪水按剛從大學畢業生算，比人家低了好多。

他拿到綠卡，回大陸和同學結了婚，他心想自己是綠卡，太太總可以來團聚吧？誰知和太太一分居就是快五年，五年中太太不許進美國，他在公司假不多，可憐巴巴把休假全集中，飛回去大陸看太太，賺的錢全部扔在來來往往的飛機上了。

生了一個女兒是先天性心臟病。買了一幢小房子旁邊本來是塊綠色蔥翠的草地，不料地的主人把地租給那些住在車裡的人，鬧哄哄的，房價一下大掉了好幾萬。

他也買股票，一買就肯定跌，一賣就絕對漲，為此，他在小城有不少股友，那些股友圍著他轉，他一賣大家就買，他一買大家就賣，他愈賠錢大家愈賺錢，有時跟倒楣人在一起反而幸運。

公司開聚餐會，讓大家白吃白喝。那可是我親眼見到的，他來時幾乎所有的東西都讓大家吃光了，他站在那有些傷心，不好意思說有事先走了，可他剛一走，我就看見戴著白帽子的胖廚師推出一大車美味倒進空蕩蕩的盛食物的盤子裡，我對家聲說，趙君真可憐，與命運抗爭一輩子，奈命運何？

# 小日子

他和她過的是小日子。

什麼是小日子呢？套用蘇東坡的一句名詩就形容得很完美無缺了，「也無風雨也無晴」。

其實，在這個世界上，有三分之二的人過的正是這種小日子。

他和她在大陸時倒是野心勃勃的。他那時是一家名不見經傳的大學裡一個年輕有為的系主任，他是被群眾選上的，系裡第一次民主選舉，大家就推舉了他。

他捲起袖子說幹就幹，大刀闊斧的改革，得罪了不少人，他任期三年，做到第二年的第十個月時，他身心都倦了，知道下次再選連任是力不從心了，他覺得他應該走，離開得罪了人的地方，可是，走去哪，他一時沒有主意。

大學分給系裡一個赴美進修的名額，指定要培養年輕人，要四十歲以下的最好，他那年四十一歲，當然不在考慮之列。

名額久久不決，讓誰去呢？做為系主任，系領導集體會議，要他做主決定。

他硬是一週不能好好吃，好好睡，足足瘦了好幾磅，到最後必須拍板的時候，他脹紅著臉，手指抖得握不住筆，他在推薦名單上寫下了自己的名字。而且，為了年齡符合，他附了一張說明，說自己出身農家，北方農家習俗，母親懷在肚子裡就算一歲，所以他的實際年齡正好在四十歲之下，他是合符資格的。

誰也沒有說什麼，他畢竟是一系之主，就這樣，他來到了美國哈佛大學進修。

他後來才知道，系裡人恨得他厲害，罵他自私，罵他陰險，他心想，讀書人一輩子就講個名節，他是完蛋了。

在哈佛他有一筆獎學金，夠他唸個學位，他本應學英美文學的，這是他的專業，可他卻堅持改行唸經濟，更具體的是唸會計，為謀生計，這是很現實的。

太太沒有能出來，被憤怒的大學扣下當人質了，他一狠心，一張狀紙遞上去，來了個分居數年，感情破裂，婚也就離掉了。

他很快娶了新太太，和他一樣也是會計。

每天上班，在電腦上做帳，一筆一筆，翻來覆去，像在把一籮筐豆子數來數去似的無趣。

他學會了斤斤計較，頭髮自己理，院子自己修整，每一分錢都是他枯燥的生命換來的，他不得不小心，他把他所有的精明都用在小事上了，覺得自己很瑣碎，可有時他又覺得如果去掉這些瑣碎，他的日子裡還能剩下什麼呢？

那年春天，他突然想家，去國離鄉十年，他沒有回過國，他害怕面對過去的一切，未老莫還鄉，還鄉需斷腸。古人說的心情不知和他的體會一樣還是根本不一樣？反正，他害怕回去。

太太的朋友說有一張便宜機票，到北京來回才五百多塊美金，實在太便宜。精於計算的他一下子掏錢訂了票，然後是請假，然後是一晚又一晚的失眠。

一下飛機他就頭昏目眩，變了，全變了。這麼熱鬧的花花世界，不知比他在美國東部小城繁華多少倍。

他突然覺得自己土，土得跟這世界不再合拍，他在美國用錢是用塊計算的，一塊錢，兩塊錢，而這兒的人是用十位數計算的。

他的禮物在美國也算好的了，買時還笑稱自己是大出血，可當他把禮物拿出來時卻覺得有些出不了手，也難怪，滿街滿巷的店子哪一家都有洋貨賣，而哪一種洋貨都不比他在美國買的不地道，價錢也好像更合算。

他不好意思去學校找老同事們，他知道自己有一段不光彩的過去。他倒是戴了墨鏡在大學走了一圈，覺得景物依舊，只是人們來來往往，比他活得踏實，什麼是踏實，他也說不出，反正他在美國，一顆心永遠是七上八下的。

他很快就回美國了，回來後一心一意過他的小日子，他覺得這是他的命，命中注定要背井離鄉，要做一個小會計，用錢斤斤計較。

機關算盡太聰明，反誤了一生的大日子，他心裡有些悔，但從不想說出來，如果不搶著來美國，他如今過得比現在好，當官發財都有他一份兒。

可如今，他只好過這種小日子，這是命，他對自己說。

# 索菲婭

認識索菲婭是在我每週一次的一個學習小組上，從我家到那家教會要穿過半個城，而我每次去索菲婭家接她又要穿過半個城，每次我去接她，她都早早站在家門口等著，一臉愧意。

索菲婭是個貧窮的女人，身上散發著貧窮的味道，貧窮是她的人生標誌。首先，她住的房子是移動房，抖抖縮縮地委曲在城的僻靜一角。小孩子在鄰里之間穿來穿去，婦女們揚著嗓子吵架。

索菲婭的房子很是滿滿當當，但仔細一看，全是又破又舊又無用的東西，屋子裡因為塞了這些破物而霉味撲鼻。有一次我說，索菲婭，我如果是你，第一件事是扔掉這些破爛，給自己一個大一些的空間。索菲婭說，那可不行，這些都是我死去多年的父親的，我現在自己也快做奶奶了，這麼歷史悠久的東西扔了多可惜！

我回來跟家聲說，我明白了，在美國，人人都繼承了一些遺產，有錢的人繼承的是股票、房地產、珠寶、古董，沒有錢的繼承一堆破爛！

家聲說，我們這些移民一無所有的來了，既沒繼承財產，也沒繼承破爛，一張白紙，倒乾淨些呢！

索菲婭是白人，來美國已好多代了，但她絕對是個窮人，銀行裡沒有一個小錢，水電費有時都付不出來，衣服都是從二手店買的，她甚至養不起一輛好一些的車，她那輛標價七百元仍無人問津的破車開一天要休息一個月，所以索菲婭只好乘公車，在我們這種小城裡，公車系統等於沒有，根本指望不上。沒有車的索菲婭如同沒有腳，整天縮在房子裡。

索菲婭是個修養很不錯、道德水平絕對符合社會準則的人，不酗酒、不吸毒、不亂來，甚至連煙也不吸，又非常勤快和努力，文化水平低一些，可人家多少大富翁還不都是沒有多少文化呀！索菲婭到底為什麼窮呢？我總在想著。

後來我才知道，索菲婭曾經富過的。

她死去的丈夫原來是個木材商，我們這兒到處是森林，她丈夫的工廠是把木材鋸成木板子出賣，那時她家住在一幢四千多呎的豪宅裡，生意實在太好了，僱了十多個工人，隨著房地產的興起高漲，需要木板的商家很多，她家結結實實地發了一筆財。

可是，州政府對森林的開發是有很嚴格的規定的，不到一定規格的不准砍伐，而且也並不是所有森林都能讓人砍伐的。森林開發成本一高，利潤就少了，但利潤也還是蠻可觀的，至少可以讓他們一家過著豐盛的日子。可是索菲婭的丈夫財迷心竅，也許是鬼迷心竅吧，他把木屑壓成木板，以劣充優，賣給商家，商家見價格不貴，很願意買，可建築商用這種木板做成的房子卻質量不過關，很快就被人訴訟，他們破產不說，名譽也一敗塗地，不能在這一行中混下去了。

那時，索菲婭的丈夫心情壞極了，整天坐在那唉聲嘆氣，不久就患了癌症，扔下索菲婭和三個孩子去世了。

索菲婭在一家快餐店打工，工資正好剛夠政府規定的最低水準，她說人一倒楣就什麼都不順，她下夜班回來，還被賊搶了一次，小城這種事不多，可索菲婭卻攤上了。況且索菲婭平日錢包都是空空如也，那家快餐店是沒有小費的，偏偏那天一位顧客高興得發狂，據說是中了一張什麼彩票，他給了嘴巴甜、心地好、腿勤快的索菲婭十元小費，沒想到就被賊搶去了。

索菲婭的父母離異，母親改嫁了一位富商，很有錢，但從不和索菲婭來往，母親去世時，遺囑中提都沒提到她，別說分給她遺產了。而父親卻天天來找她，和她走得很近，可父親一生都很貧窮潦倒，沒什麼給她的，倒要她接濟他一些錢。

父親逝世，指定把什麼都給她，這就是索菲婭一屋子破爛的來源。

索菲婭是個富人時，有自己的牙科保健，可那時她健壯如牛，啃得動草，從來不用去看牙，除了洗牙，一顆牙也沒找過她的麻煩。可成了窮人後，不是這個牙痛，就是那個牙鬆動要拔。漸漸的，她一口牙都不行了，可又沒錢換套假牙，每次看著她吃飯那難受的樣子，我就覺得命運倒真和她對著幹似的。

她住進活動房子時，心裡很傷心，當年她和丈夫住豪宅時，旁邊有一塊空地，市政府同意建築商蓋活動房給窮人住，她反對得比誰都激烈，串通那些同住豪宅社區的住戶天天到市政府提意見，心想我們這些豪宅的周圍怎麼能蓋這種便宜的房子！在那時索菲婭的心中，窮人既可惡又可怕。好啦！如今她自己也成了窮人，而且又不像早年俄國人搞共產，把富農都消滅一樣，她索菲婭生活在美國這樣一個最保護富人利益的國度裡，她的由富而貧完全是因為太貪婪，上帝又明察秋毫，讓她走向敗落。

索菲婭常跟我說起她五十多年人生的三部曲，由窮而富，再由富而窮。她說兩次轉折都很震動的。由窮而富時，她總認為一切是在做夢，窮人家的女兒嫁了個精明的生意人，過上了富人的生活。她以為從此再不用跟窮日子打交道了，誰知道又回到原來的生活軌道上，貧窮是她的宿命，偶然光顧的富裕倒是像故意來吊她胃口似的，當她知道富人們怎樣過日子後，就再也不安心現在的窮日子。可是無論她怎樣奮鬥、努力，還曾經改過一次嫁，都沒有改變她的命運，依然是窮。

索菲婭去教會，學聖經，想和上帝搞好關係，讓她再回到富裕的日子，她說這是上帝在考驗她的耐心，早晚會讓她又富起來。

索菲婭每週必花一塊錢買一張華州發行的彩票，一月四次，都在她認定吉利的時間、地點買，有一次她認為自己中了大獎，卻怎麼也找不到那張彩票，她最後硬是把家中所有的破爛通通搬到院子裡，一件件翻找，最終找了出來，卻發現只有一個數字對不上，幸運又一次離她遠去，她坐在院子中大哭，又把破爛全部搬回屋裡，從此，她再也沒買過一張彩票。從那以後，她犯下了腰疼病，提不得重東西，據說她找彩票時一個人拖出了一張床，那時的勁頭真大！

# 混在美國

我們中國人都知道濫竽充數這一成語，意思是有些人根本就沒有任何本事，但混在一大堆有本事的人中間他就能有碗飯吃。而我在美國見到的一位先生卻恰好相反，他是靠獨奏充數混日子的。

這位先生姓丁，自己起了個洋名，合在一起就叫保羅丁，或丁保羅。

丁保羅在大陸時就開始混。

丁保羅是一個非常老實，近於木訥的男人，他口笨，心也笨。只有一樣，特別體貼別人，所以人緣很好。大陸那時上大學要推薦，丁保羅，他當時叫丁大勇，得到了革命群眾的一致推薦，居然上了清華大學。

那時上大學不用學習，只搞大批判，天天批到深更半夜。丁大勇一不會寫批判稿，筆伐就落後於人了。又不會口誅，一說話就結巴，但他人勤快，專門替那些口誅筆伐到深更半夜的人到食堂去端來熱氣騰騰的夜宵，當時食堂供應給搞大批判的人免費夜宵。

吃了夜宵的人都感謝丁大勇，並不知道他不會口誅筆伐。

畢業時大家最盼望的是留校當教師，可丁大勇覺得清華能人太多，混在中間濫竽充數早晚會被看穿，他便放棄了留校機會，到山東濟南一所名不見經傳的新辦大學當了教師。

他背負著清華的盛名，被大學選派來美國進修，到了奧瑞崗一所小小的什麼學院。人家碩士兩三年就可以唸完，他老兄一唸六年，也正因為拖了六年，剛好趕上六四學生運動，美國一下子給了來自中國大陸的學生六四綠卡，他就這樣在美國留下來了。

畢業時，正好一家舉世聞名的高科技公司在華盛頓州初建，需要大量的人，他糊裡糊塗進去了，因為什麼也不會，就負責當倉庫保管員，但拿的卻是初進來時給的工程師的較高薪水。

丁保羅只把心裡話告訴太太，他說一個人要沒本事的話千萬不要跟一大堆有本事的人在一起，像古代那個濫竽充數的人，早晚人家會發現，你要避開那些人，或者自己一個人管一攤事，或者去和沒本事的人混在一起。

丁保羅管倉庫，也就是管那些高科技儀器，誰要用就找他要。他每天上班都躲著睡覺，當然是伏在桌子上睡。

他一般上午可以睡兩個小時，下午睡得更多，可睡四個小時。他的辦公桌上放著一面小鏡子，有人走進來可以先被他從鏡子中看到。

每天上班回來，他精神抖擻地立即去幫餐館送外賣，當他個人薪水已漲到快八萬多時，他仍然堅持晚上工作，因白天睡得太多，晚上不工作就無法入睡。

他有好幾次被上司找去談話，認為讓一個工程師打雜太委曲人材，他堅決地拒絕換工作，說他願為公司當一顆螺絲釘，上司很感動，每年四月調薪，他都有份。別人漲百分之二三，他漲百分之七八。

他在這家公司做了七年多，直到換了一個上司。這位新來的上司一口認定讓丁保羅管工具是大材小用，非要讓他跟一大幫工程師一起工作，負責研發新產品。丁保羅離開先前的職位時傷心極了，對太太說，古代那個人混在一堆人中可以濫竽充數，一個人吹就原形畢露了，可我恰好相反，我只能一個人躲起來，和大家一起我就完蛋了。

果然，別的工程師馬上發現這位丁保羅是十足的笨蛋，什麼也不會。丁保羅很快就被公司解僱了。

還好，正逢美國經濟景氣，丁保羅去德州一家高科技公司求職，面試是走過場，因這家公司是國防公司，一般人進不去，一定要有美國公民身分，丁保羅馬上被收下，還連跳幾級，薪水漲到十多萬了。

更幸運的是，這家公司的老板喜歡聽獨奏而不是合奏，他怕人搞在一塊會濫竽充數，就把大家化整為零，各搞各的一套。公司是國防公司，經費足，逼人又不緊。丁保羅天天躲在那慢慢做，因為他什麼都不懂，就搞了一個狗屁不通的題目研究，別人自然弄不清他在做什麼。丁保羅現在每天可以閉目養神兩三個小時，比過去是要累些了，可薪水漲了那麼多，他表示像他這種笨人居然能混這種樣子，應該知足了。

# 小城人物素描

## 農人之子

我住的美國華盛頓州的小城的居民早先都是農民，更具體的說是果農。他們每家都擁有一個大果園，主要是蘋果。華州的蘋果又叫五星蘋果，它有五個角，顏色深紅，像抹了一層厚厚的釉似的。五角蘋果出口全世界，華州靠太平洋，蘋果主要通過輪船海運到東方。在日本的超市，華州蘋果賣得很貴。在中國大陸，如今也賣華州蘋果。去年西雅圖人街頭抗議，反對美國和外國貿易來往，華州的果民不參加，因為他們希望多和東方貿易，否則他們活得不好。在華州，蘋果不值錢，一塊美元一大堆，而且因家家都有果園，很少有人願意去買蘋果。

果農本來世代相襲，現在小城有不少高科技公司從加州搬來，公司看上了華州水電、地皮便宜，人工更便宜，於是農人之子都不再種蘋果了，他們紛紛進城打工，在電子工業做事。做了幾年，結婚育子，買房住下，成了城裡人了。

農人之子一眼就可以看出來，他們住家的草坪格外綠，玫瑰開得格外美麗，他們後院的蘋果樹上結的蘋果格外大，因為他們來自農家，他們無論走遍天涯，血液中汩汩流淌的依然是農家氣質。

他們的農家父母一到美國放長假的日子，就興沖沖地進城看子女。農人之子家一眼就可以分辨出來，因為他們父母開的不管多高級的車，如朋馳(Benz)、富豪(Volvo)，後面一定要拖一個木製的車廂，據說是用來拉蘋果、拉乳牛、拉木頭的。

農家之子有時也返回鄉下去。美國農家一般都自己烤麵包，麵包中放很多醋，酸酸的。農家也自己做奶酪，自己製蜂蜜。華州的蜂蜜大都是蘋果花蜜，有些清苦的滋味。農人之子返城時，會帶回許多自家的農產品送鄰居分享。哦！他們還帶著新鮮的甘藍菜、馬鈴薯、西紅柿、自家榨的蘋果汁。

農家之子，是小城善良、勤快的一族人。

# 老大哥

我們這座西北小城是白人的一統天下，很少黑人、西班牙裔人、亞裔人。除了白人，我想居第二位的恐怕就是蘇聯人了。

蘇聯解體之後，大家鬧獨立，果然獨了。所以先前的蘇聯人變成了什麼烏克蘭人啦！露西亞人啦！老美記不清這許多，還是叫他們蘇聯人，頂多加個前字打頭罷了。

他們一律很神氣，儘管十有七八靠領難民金活著，仍一副泱泱大國的子民樣，其實現在四分八裂，窮則窮矣，大則已是昔日往事。他們不愛答理我們老中。城裡的老中十有八九是在高科技公司供職，是納稅人。領納稅人的錢卻又滿心不知感激，使老中們覺得委曲。老中們都在問，為什麼小城這麼多吃閒飯的人呀？當然只是背後說。有一次我去小城發放救濟金的部門看了一下，只見蘇聯的老爺、少爺、太太、小姐擠滿一屋，還有人在哭訴，不過穿得不錯，男人西裝革履，女人長裙高跟鞋，冬天無論大人小孩，人人一件皮大衣、一頂貂皮帽，比起衣裝樸素的老中來，他們像貴族，老中像平民。

早先，大陸人稱蘇聯人是老大哥，舉凡蘇聯的一切都受到頂禮膜拜。後來兩國關係惡化，老大哥變成了敵人，害怕他們打過來，大陸人天天被逼挖地道。我上初一時，學校叫大家挖地道，一天挖著挖著突然地道坍塌了，壓死了我們班上一位女同學。她是鄉下人，頭髮枯黃，又瘦又小，赤著雙腳，出殯時才由她的外婆給她穿上一雙城裡買來的鞋……她死時才十四、五歲，往後的日子該有多少華彩呢？

有一次，無意逛到了一家蘇聯人開的食品店，看見了不少從蘇聯直接運過來的巧克力糖、鄉村魚子醬、黑燕麥麵包、醋栗酒，忽然憶起了十八、十九世紀俄國大文豪們筆下描寫的美味佳餚。食指大動，買了一罐魚子醬回來，抹在黑燕麥麵包上，一口咬下去，發現原來一點也不好吃。

天下的事，總要親歷才知道。

# 喬二鬼子

在日本南部那所大學留學時，她算是我的同學，我常常在大學丁字型的教室走廊上碰見她，她和我家小妹一樣，在日本的年頭很長，有些日本鬼子的脾氣，所以中國留學生就叫她喬二鬼子。這個綽號實在不很雅致，但很能道出本質。

喬二鬼子是瀋陽人，父母親早年留學日本，畢業後都曾留在日本發展，直到五十年代末才返回中國，在瀋陽醫學院做教授。喬二鬼子在日本上中學、大學，直到唸到法學部的法學博士。

日本文科學位不好拿，喬二鬼子就不停地唸下去。她常來找我家小妹玩，小妹說喬二鬼子有兩大煩惱，一是年齡漸大，還沒有男朋友。中國男人她瞧不上，日本男人她又因了解太深而不想嫁。二是總也拿不到法學博士學位。

喬二鬼子畢業後去了一家國際法律事務所，負責中國方面的一些業務，常去中國大陸、臺灣出差。聽小妹說喬二鬼子薪水並不高，最重要的是她已二十八、九歲了，還是小姑獨處本無郎，一個人很孤獨，就養了一隻貓、一隻狗做伴。她常出公差，不在家時就把貓、狗都交給一些中國留學生照看，付她們薪水，於是，大學的留言簿上，留學生們都很注意有沒有喬二鬼子要招人幫她照看貓、狗的廣告。

喬二鬼子後來染上了許多日本單身職業婦女的毛病，與煙酒為伍。一天要抽好幾包煙，晚上常和一幫女單身到居酒屋或小酒吧喝酒。家中很少自己開伙，冷火秋煙的，據說她年邁的父母從瀋陽來日本探親，看了她的生活狀況後很傷心，認為把女兒送來日本並不明智。

喬二鬼子濃妝艷抹，行為古怪，和法律事務所的同事甚至上司常常為小事摩擦，她脾氣愈來愈暴躁，業務也不上心。日本是個較穩定的社會，一旦僱用，很少會解僱，可喬二鬼子居然被法律事務所解僱了，消息傳來，大家都認為喬二鬼子這下慘了，她那麼個模樣，還怎麼能重新振作起來呀。

人們漸漸忘記了喬二鬼子，幾乎沒人知道她如今的狀況，她本來就活得很潦倒，工作沒了，相信混得會更慘。

去年元旦，我家小妹回大陸探親，去了北京，北京有個留日同學會，小妹和同學會聯絡上了，在同學會的聯絡名單上，居然看見了在京留日同學的名單上有喬二鬼子的名字、電話，小妹興奮得很，同學會的秘書說，喬大律師在北京開了一家律師事務所，有十多個僱員，生意很紅火，常給社會捐獻，算是名流。

又說喬二鬼子富得不得了，在亞運村高級住宅區有兩套房子，在北京郊區順義縣還有渡假公寓，同學會每年活動經費她一個人就包下三分之一，是個慷慨樂捐的女強人。

小妹給喬二鬼子打了電話，後來小妹咂嘴感慨地說，「架子很大哪，直接跟她說不上話，都是秘書接，要經過好幾個秘書才算跟她通上話。」

畢竟是故人，喬二鬼子一聽是小妹，在電話那頭驚喜得叫開了，晚上在北京王府酒店請客，什麼大龍蝦、法國名酒都上了。

喬二鬼子說她在日本活得越來越沒意思，就一打背包回到瀋陽，陪老父老母。在瀋陽住了小半年，就到北京來了。起初在一個也是留日學法律的同學的事務所做合夥人，後來她見那同學掙錢掙得如大海漲潮，擋都擋不住，就自己獨立門戶也開了一家法律事務所，專門接日中貿易業務。小妹問她和那位也是留日律師競爭嗎？喬二鬼子說沒事，業務根本做不完，有時還沒空做，兩人互相推掉呢！

喬二鬼子如今精神煥發，已為人妻，為人母了，丈夫是北大法律系畢業的，沒留過洋，地地道道中國男人。喬二鬼子說她回國徹底改變了她原來的民族自卑感，原來覺得自己的國家窮，在日本那麼多年，心理很壓抑，如今她揚眉吐氣了，她說她現在的日子比日本她工作那家事務所的老板好得多。

小妹談起一般失業工人的日子還很苦，農民的日子也未有太多改善，貧富差別正在擴大，喬二鬼子說正是這樣，所以她每年都捐錢扶助貧弱，小妹說喬二鬼子這人心地很善良。

喬二鬼子如今不抽煙了，但酒量卻越來越大，她說北京比日本福岡熱鬧多了，日本一到晚上就覺得心空了似的寂寞，而北京的夜充滿激情，沒有寂寞，有時反嫌太熱鬧了。

三十年河東，四十年河西，風水輪流轉，喬二鬼子哲理不多，這是她唯一信奉的人生理論，她說她已決定紮根北京，相信北京會越來越好。

# 輯三　夏園小札

# 夜半鐘聲到客船

天涯行腳，發現哪兒都有鐘聲在鳴。

東方的鐘聲大都在山寺之中迴蕩，山寺鐘鳴晝已昏。有一次在日本九州郊遊迷路，山道彎彎，幽竹萬竿，獨不見人家。與友人山本太太捨車漫步，悄然進入一家山寺之中。山寺有清泉一眼從後山瀉下，有冬梅數株點綴在荒寂的庭院中，寺門緊閉，暮色四合，空氣凝重，滿眼青山，沉沉無聲。忽有一玄衣僧人急步奔出，在泉中淨過手，拉著偌大的草繩，敲起鐘來！

那鐘聲沉鬱悲壯，那僧人或伏地，或傾身，或跳躍而起，都只為把那鐘聲敲得跌宕低迴，與聽鐘人的心靈一同感應著，提醒起你對生命的無奈，體會人生的虛無蒼涼。

這就是日本人心中的鐘聲吧！

在這陌生的異國寺院中聽偶爾闖入心靈的鐘聲，我不禁憶起了故國的鐘聲和它傳遞給我的另一種感動。

古人的詩文中，常常會提到鐘聲。

月落烏啼霜滿天，江楓漁火對愁眠。
姑蘇城外寒山寺，夜半鐘聲到客船。

這是唐人張繼的〈楓橋夜泊〉。古時行旅，以舟船為主，那些夜半時分，乘著載滿鄉愁的客船不遠萬里做了個江南客，迎接他的便是寺院的鐘聲了。這鐘聲使他安心，捨舟登岸，便有許多親近。

這鐘聲是藉慰人心的，尤其是天涯飄零的辭鄉去國人，彷彿循著鐘聲，就找到了家的感覺。

韋應物的〈初發揚子寄元大校書〉中提到的鐘聲，還是與鄉愁有關的。他寫道：

淒淒去親愛，泛泛入煙霧。歸棹洛陽人，殘鐘廣陵樹。今朝此為別，何處還相遇。
世事波上舟，沿洄安得住。

詩人說，我乘坐的船漸行漸遠，回望廣陵（今揚州）只有那惜別的鐘聲還在依稀迴蕩呀！

鐘聲送客迎客，撫平鄉愁離緒又引發離愁別恨，中國人心目中的鐘聲是入世的，鐘聲參與人世間的悲歡離合，它的基調是喧嘩的，熱熱鬧鬧的，孟浩然這個歸隱詩人的筆下，鐘聲與喧嘩就是渾然一體的。如「山寺鐘鳴晝已昏，漁梁渡頭爭渡喧，人隨沙岸向江村。」好一幅熙熙攘攘的民俗圖呀！

所以，在俗世混得最熱鬧的人家叫鐘鳴鼎食之家，逢年過節，要敲鐘以助興。中國人的鐘聲與激越的號角多少有些類似，都是鼓勵之聲、上進之聲。

來到美國，發現鐘聲象徵著終結。

哀鐘為誰而鳴？每一陣鐘聲的響起都幾乎意味著一個鮮活的生命的枯滅，簡直不敢、不忍聽它。戴安娜出殯的鐘聲響得人心頭都痛，教堂的鐘聲使人恐怖，在鐘聲中上路的逝者，牽走了他留在人間的所有光熱，急促的鐘聲，哀情的旋迴，你除了傷逝之感再無其他。

日本的鐘聲是人生的無奈和生命的空洞，美國的鐘聲是徹底的悲情和失落，只有故國的鐘聲留給我這天涯行客萬縷溫馨。

真想有那麼一個月明星稀的春夜，乘坐夜行客船，沿著古典之河，數那萬點漁火，舉一小杯女兒紅酒，去聽那令我縈繞不忘的寒山寺鐘聲。

鐘聲，就數故國的鐘聲動聽呢！

# 吃在桂林山水間

桂林山水甲天下當然是名不虛傳，去過桂林的人誰不為那水作青羅帶，山如碧玉簪的奇景而怦然心動呢？至少我這個也算走過天下一些大小碼頭的女人心中，桂林永遠是我美麗的故鄉。

我家祖籍並不是桂林，但因緣所至，我在桂林住過不少年頭。家在漓江之畔，青山多嬌，漓水碧透，風景自是絕佳，可是在我記憶中，桂林最讓人難忘的是它的美食。

桂林人對吃真是頂禮膜拜，絕不馬虎的。

桂林冬天很冷，那種南方的陰冷涼徹骨髓，記憶中的桂林人穿得很單薄，甚至有些寒酸，如果此時桂林人的口袋裡有幾個錢，他想到的是去買它半斤桂林三花酒，割上一兩斤狗肉，只要把五臟廟祭好了，桂林人就覺得天下無事，其樂融融。

桂林人每天早上的早點，十有八九是米粉。

桂林的米粉是天下美味，因為有了桂林米粉的追憶，我對什麼新竹米粉、越南米粉、廣東米粉通通不屑一顧。

桂林的米粉是用上好的頭年新米榨出來的，出產桂林米粉的工廠遍佈桂林的大街小巷，叫榨粉廠。榨的意思大概是擠壓之意。把米漿擠出來，就是米粉。

米粉是半夜榨好，清晨出售，過了夜就沒人願買，嫌不新鮮了。

那米粉顫波波，很有彈性，那米粉粉白粉白，很有看頭，那米粉一兩一團，一般男人要吃四團，女人肚大的三團還不夠。

米粉的訣竅在於湯。

湯不是一朝一夕熬出來的，最好的米粉店的湯用的是老湯，據說少則半年一載，多則十幾年，湯鍋永遠是煮著的，一年四季，灶火不熄，湯也就這麼煨著。

桂林米粉有兩種澆頭，一種叫生菜米粉，一種叫鹵菜米粉。

桂林米粉所說的菜不是青菜，青菜絕對不能放進米粉裡，桂林人堅持這一點少說也有百年歷史了吧！

生菜米粉是指新鮮瘦肉做澆頭的，鹵菜米粉則是指用鹵牛肉做澆頭的。

瘦肉是桂林農家豬，架子小，肉質十分鮮美，豬都是頭天殺，第二天推出去賣，那味道跟美國的豬肉天壤之別。

牛肉也是當地上好的黃牛，鹵料有十多種，切得薄薄一片，薄得入口就化似的。除了瘦豬肉、鹵牛肉，米粉中還要放上油炸酥黃豆、蔥花，絕不能用香油。正如《紅樓夢》中最會吃的賈母所言，一用香油就俗了，桂林人的食物從來不俗。

還有一種澆頭叫馬肉米粉，小小一盤，一般一個人可吃七八盤。馬肉有些發酸，所以用馬肉做澆頭，別有一番製做的講究。

米粉百吃不厭，但離開桂林，桂林米粉也就徹底走味了。北京西單有一家門臉很小的桂林米粉店，顧客盈門，要排很長的隊才有口福。那時我在北京一所大學任教，大學有桂林同鄉會，我正猶豫是否參加時，同鄉會會長就手一拍說，「你愛吃桂林米粉吧，既愛吃，那就應該加入我們的會！」原來這個同鄉會唯一的活動就是吃，每週必定光顧兩次那家桂林米粉店，每次光顧，會長都洋洋得意，指揮我們這些會眾搶佔位子，並能優惠兩角錢。可是大家吃過嘴一抹就埋怨，覺得我們心中最美味的桂林米粉被這幾個跑到北京開店的桂林人侮辱了，桂林米粉的湯能胡弄的嗎？要放羅漢果才行呢！羅漢果在北京找不到，找到也太貴，店主就偷偷用白糖代替，哎，白糖只有寡甜，羅漢果的甜是無法描繪的，那是一種悠悠長長的甜，親親切切的甜。

桂林人對吃的追求可以說是上天入地，無所不及。尤其是桂林的女人，一生中最大的事業和成就大概就是吃了。我常自認我是一個典型的桂林女人，正如我的丈夫家聲對我的評價所言，「你呀！一輩子心事都在吃上了！」對吃如此感興趣，注定我沒有大出息。但我個愛吃，會吃，喜歡在廚房中精耕細做的女人當太太，一般你的人生不會太乏味。我要是個男人選太太就選這樣的女人。所以，桂林的女人蠻有魅力的呢！

桂林女人中有個很有名的人物，她就是六〇年代主演電影「劉三姊」的黃婉秋。黃婉秋出身於桂林郊縣，得山水之賜，她的美麗的確打動了不知多少「劉三姊」的觀眾。

我上小學時見過她，那雙美麗的大眼睛令人永遠難忘。

黃婉秋不僅美麗非常，而且作為一位桂林女人，她很會做菜，她曾親口告訴我的一位親戚如何做鰍魚豆腐湯。

桂林河渠遍野，出產一種美味的小鰍魚。一到夏末秋初，小鰍魚就歡蹦活跳的登場了。買了來，先放在水盆中養上三、五天，每隔一段時間就朝水裡滴上幾滴蔴油，那魚兒聞見香味，便會大口大口吸水，把肚中的污物排洩乾淨。這時，就可以買來新鮮的豆腐，先把鐵鍋燒得通紅，然後倒下半勺花生油，待到油熱，便把活蹦歡跳的鰍魚撈起來朝油鍋中一放，說時遲那時快，這隻手放鰍魚，那隻手便要把豆腐方方正正的放到鍋裡去，這小魚一遇熱，便心急火燎地亂蹦亂跳，一古腦鑽到涼涼的豆腐塊中去了，然後加水，放鹽、味精、料酒，起鍋時，撒上綠油油的蔥花，切得細細的薑絲，你想，黃婉秋做的這碗鰍魚豆腐湯能不好吃嗎？

桂林的餐館掛出的菜名真叫人口水沒出息地要朝下淌，什麼子薑鴨子、清炒丁螺、火爆蛙腿、甜酒甲魚。哎，一別桂林好多年了，我這好吃的女人還把吃過的菜記得牢牢的。

如果你去桂林，千萬記住不光要遊山逛水，還應盡情享受它的美食呢！

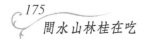

# 蓮子清如水

來到美國，很少看到蓮塘，就連在華人聚集較多的加州，我也一一留心過，不能說完全沒有，但至少頗不多見。

北京有蓮，而且很常見。頤和園的蓮花荷葉便自成一景，北海公園的蓮更是可人，人還未靠近呢，荷香就先撲面而來，就連廢園圓明園也是荷塘處處。

當然，蓮最多的是江南，自古江南就多蓮。詩人說：「採蓮去，月沒春江暖，翠鈿紅袖水中央，青荷蓮子雜衣香，雲起風生歸路長。」總記得杭州西湖的蓮格外肥碩，荷葉田田，滿滿當當，不知如何採蓮？又如何摘藕？蘇州青石板路上晨起的村姑挑著擔子，一頭是蓮藕，雪白的，肥嫩的，如同江南的婦人，郁達夫欣賞的婦人，豐腴得很，卻又恰到好處。

湖北、湖南是蓮的故鄉，處處可見的荷塘，老老實實，不似江南的蓮塘多少有些脂粉氣，也不像北京的荷被皇家薰陶出了那麼一種雍容華貴的氣質，本是庶民之物卻平添帝王家的氣象了。

兩湖的蓮大概都屬湘蓮，瘦瘦的，有一種清寒冷峻的風情。荷葉不很肥厚，花朵也不很美麗，但奉獻最多。湘蓮出產多，蓮子、蓮藕在饑荒年代是可以用來充飢的，所謂「豐年吃藕，荒年連藕節都吃」，所以，兩湖的農人只要有一方小小蓮塘就有了生存的信心。蓮能如此，也是它的慧心和慈心吧。

日本的鄉間很少有蓮塘，蓮在日本人生活中有一種超越現實的意味，它顯然被宗教化或藝術化了。於是，蓮是寺廟中的清供，蓮是人家粉牆上的一幅秀逸的水墨畫兒，蓮與人們的具體生活倒是沒有多少牽掛的。

據說印度這個佛教的發源地倒是很少見到蓮，佛教與蓮的關係，不知像不像最愛與龍聯繫在一塊的華夏民族，只是把蓮做為一種偶像罷了，其意義是精神上的。

無論如何，每當看見美國西海岸我所居住的華盛頓州的田野上那無數空空蕩蕩的水塘，看見水塘中寂寞寥落的、自生自滅的蒿草、蘆葦，甚至一無所有的面對藍天，我就總想著「惋惜」這個字眼，幻想著把東方故國的蓮引進這裡。於是，我常用笨拙的英文向他們描繪故鄉的蓮，那宋人筆下的「出淤泥而不染」的蓮，那朱自清筆下形容為「剛出浴的美人」的蓮……

我也常想，什麼時候我能闢一方池塘，種一池故鄉的蓮，然後踏著朦朧的月色，去和蓮細語呢？

# 水果

我們這一個社區裡，家家都種有各種各樣的果樹。

蘋果是華盛頓州的特產，行銷世界，特別好種。春天剪一下枝，冬天殺一下蟲，秋天就可以吃又香又甜的大蘋果了。

桃子也有好多家種，桃子很肯結果，夏天成熟的季節，桃子把桃樹累得直不起腰來。美國的桃子不如東方的水蜜桃好吃，略帶酸味，但還是汁多肉厚，味道還不錯的。

杏子樹也有人種，杏子黃橙橙的，中間有一道溝，像月牙一樣可愛。美國商店杏子比桃子價格貴多了。至少在我們這，杏子要賣到快三塊美金一磅。

芳鄰湯姆家種有一棵杏樹，少說也有六、七年了。一到夏天，杏樹上的杏兒就成為撩人的一道風景，而湯姆家有大大小小四個孩子，那杏樹又不高，舉手之勞就可採到，可是湯姆總是對我說，「何太太你來我家摘杏吧，不摘全掉在地上招蟲子。」

我說你們自己不吃嗎？湯姆不回答，只是笑。

我真的去採，採了一籃又一籃，回來曬成杏乾，或者用來做杏醬。有時我還把朋友介紹去，湯姆一律歡迎，他說不及時採下來會爛的，小蟲子很多。我就覺得湯姆一家都不愛吃杏，之所以種有杏樹，也許是前屋主留下的，也許是僅僅喜歡美麗的杏花。

朋友說老美一般不吃自家種的水果，她和先生住在佛羅里達的時候，左右芳鄰家家種有橘子樹，可他們任橘子自生自滅，自己卻到超市花錢買橘子。是自己家的橘子不甜嗎？看來不是理由，因朋友採來吃，味道真的好極了，至少比超市買的新鮮，而且省錢呀！

果然，有一次我在超市碰見湯姆的太太正在挑選杏子，她看見我立即眉開眼笑地打招呼說，「何太太，你看今天杏子大減價，才一元兩角一磅，真便宜！你不買點嗎？」

# 夏園小札

因為先生要去加州工作，我們需要賣掉華州的房子。我們的房子七年新，前有花園後有蘋果園，處於道路的拐角。有數級石階逶迤而上，故地勢較高。從窗口四望，皆成小景。有日本櫻花樹一株，日本紅楓一株，還有核桃樹一株。這三棵樹都是從波特蘭日本人經營的林圃購來，所費不薄。種植時，因樹已較大，還使用了小型起重機。日本人在波特蘭勢力很大，造有世界上除日本本土外最大的日本庭園。日式庭園講究的是和諧和淡雅，故多用樸實無華的石頭和松樹。哥倫比亞河畔渾然天成的卵石很多，松樹亦是華盛頓州最常見的樹種，故松石皆俯拾即是。只可惜此地松樹類似於柏樹，形態氣勢凌然偉岸，然秀逸卻無。從日本造園學的觀點來看，顯得美中不足。卵石又過於圓潤，缺少層次起伏。我就四處留心，一次到奧瑞崗印第安人開的溫泉泳池去，舉目所及，四野荒涼。紅土像被燒焦過一般，赤裸裸地訴說它的苦楚。紅土之上，乖乖地躺著一塊青石，有棱有角，落拓不羈。我下車去，與在一矮屋前正奮力劈大塊木材的印第安男子交談，問可不可以搬走這一方青石。他揮一把汗，勉強撐起眼皮，卻只注視他刀斧之下轟然而解的大塊乾柴說，OK！

青石搬了回來，隨意扔在花圃之中，不出數月，便被華州的綿綿四季雨催出了厚厚一層青苔來，這正是我喜歡的了。

我又種下大片大片的菊花，使我的小園生長出唐宋意境來。於是它伴著雨中的書屋，風雪中的壁爐，有了一點故國家園的親切。

華州好像沒有秋，一過九月，便下起了無休無止的雨。冬、春也被雨浸蝕著，或者說滋潤著，分不出此疆彼界來。

雨本是園林的摯友，好的園林當然需要雨的催發。園林中的水是那樣的重要，蘇州園林總要有水才算得上名園。有了水，再加上苔鮮成斑，藤蘿掩映，其中微露泥土小徑，有清流曲折，水漲綠添，人工加上天然，才算一個有滋有味的園子了。

新園總不及舊園的，所以日本新造的園林常常故意營造出一些歲月的蒼涼。花也不要那麼繁盛，玫瑰、鬱金香就過於熱鬧，為日人所不屑採用。花要淡淡的，草要淺淺的，樹要疏疏的，清雅到家了。

自己親手經營的園子，自然有了感情。那次在蘇州的園林獨自看看走走，心中卻在想這些園林幾經易手，每次易手都牽連著一位園主苦寂難與人道的離情別緒。

宋代著名女詞人李清照的父親李格非，著有名文〈書洛陽名園記後〉其中談到園林與世事相關連的滄桑。

> 方唐貞觀、開元之間，公卿貴戚，開館列第於東都者，號千有餘邸。及其亂離，繼以五季之酷，其池塘竹樹，兵車蹂蹴，廢而為丘墟。高亭大榭，煙火焚燎，化而為灰燼。

歷史合該如此，園子的命運逃不脫人世的命運。與園長相守，不相棄的能有幾人呢！

美國太平已有百年，園林主人的易手大多是自覺自願。園子易手太頻繁，也就不斷加入公共的色彩，少了東方的隱秘和私有意識。

據說好的花園能使房子增值，可見美國人也想擁有一處好的園林，屬於自己的、自家的，又可以與朋友分享。

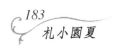

現在我家的房子即將出售，連同七年來無一日不顧的花園。房子七年來我們幾乎沒有增建任何一磚一石，而花園卻投入了許多時間、精力和金錢，我對房子的感情遠不如對花園的感情深厚。

我將與親手營造的花園告別，再見不知何日，就是有再見之時，以美國社會風俗，也未必會被新主人邀請進園一聚，至多只有遠遠相望的緣分了。

那晚與病榻上的老父通了越洋電話。父親問我園子可有其名，他說他還記得他父親的園子叫暢思園。我一楞，說，沒有呀！父親沉默少許，說那就叫夏園吧！

這園子七年無其名，與我將別，始獲其名，園子的主人如此疏忽，不知園子可否知曉。知曉，知曉，畢竟緣分盡了。只是我想將來有能力購屋，有能力造園，一定要給它起個好名。

月下遊園，心潮起伏。為了忘卻的紀念，寫下這夏園小札，算是與我家花園的送別贈言吧。

# 艾葉糍粑

年前返大陸探望年邁的父母，母親每天早上都親自上街替我買早點。有時是牛肉湯粉，有時是板栗粽子，有時是煎芋頭糕。母親說萬年青山，流水的吃席，你就每天嚐一樣，把這故鄉的美食都吃在嘴裡，裝在心間，浪跡天涯時也有個回味呀！

轉眼間，春來了，楊柳條迎風舞蹈，桃花綻開春雨催肥的骨朵兒。母親說，小舟乖女，明天我們來做艾葉糍粑吃個新鮮！

母親帶著我，手挽竹籃、小鐵鏟，沿著農家青草萋萋的彎彎田埂去挖春天的艾葉。艾，又稱艾蒿。葉入藥，性溫，味略苦。有平喘、祛痰、消炎功用。古人用艾來敬稱老人，《禮記．曲禮》上說「五十曰艾」，孔穎達解釋道：用艾來比喻老人，是因為老人「髮蒼白色如艾也」。古人是喜歡艾的，也用艾來形容美好，如少艾之說。

春天的艾，綠茸茸的好可愛。帶著春泥的芳香、春露的甘甜、春陽的溫馨，手一碰就流出濃濃的艾葉汁。母親在前，我在後，尋尋覓覓，一會兒功夫就挖了一竹籃子。

我們到小河邊洗艾葉，小河清波微蕩，伸入河中的青石板細膩如玉，不知從哪兒游來一群鴨子，倒使我想起了唐人的名詩「春江水暖鴨先知」。

洗淨的艾葉提回家中，母親找出一個木盆，把艾葉放在其中，用木槌輕輕擂著。那艾葉絲絲入扣，擂成緊密的艾葉泥了。母親又端出一碗糯米粉，並對我反覆強調說：「這可不是機器磨的喲！那種粉太粗，又沒有了清香味兒。我家的糯米粉是鄉下的水磨磨的，夠精細呢！你嗅嗅，多麼新鮮！」

母親把艾葉泥和糯米粉和在一起，又端出一碗由花生、芝麻、核桃、蜂蜜調成的餡，把它裝在艾葉糍粑的肚子裡，然後上籠蒸。

哎呀呀！真是一屋艾葉香吔！久病臥床的父親從床上坐起來，嗅著艾葉香，他一定想起了他年輕歲月的時光，也是春天，也是艾葉萋萋的田野，他帶著他的學生——未來的地質學者們在那兒踏青。也許想得更遠些，那時他還是個小孩子，牽著外婆的手，去採春天的第一籃艾葉，蒸的也是這麼香甜、這麼好吃的艾葉糍粑。

北京有一種名小吃叫艾窩窩，糯米粉中間放了白糖、芝麻、各式果脯絲兒。據說是旗人的食品，可惜沒有放艾葉，不知是北方少艾葉，還是艾只是一種美食的象徵？

哦，忘了一提，母親的艾葉糍粑是放在粽子葉上蒸的，粽子葉很香。母親說她也曾試著用荷葉蒸，可荷葉和艾葉搶味兒，不好吃。還是用粽子葉好，兩香並存，互依互輔，很和諧。

母親說，小舟你看著我做艾葉糍粑了，以後回美國你也試試吧！我口裡答應著，心裡卻在想，哪能夠呢？雖說是天涯何處無芳草，可母親的食物只有故鄉才有那麼美好、純淨的原料呀！

回到美國轉眼已有數月了，庭院青青，卻找不到故鄉的艾草。於是我提筆為文，記住母親的慈愛和香甜芬芳的艾葉糍粑。

我真想念那碧綠的艾葉糍粑，真的好想。

# 三秋桂子香

## 一

我們新居的院子裡有三株桂花，是前主人種下的。

我們搬進來不久，桂花就開了，小小的，淡淡的，唯味兒極香。

桂花是我們民族的特有花種，西方少見，就連東方的日本也不多見。

桂花古來有之，古人筆下的佳境，往往是三秋桂子，十里荷花。

宋代人記下的食譜中，很多是與桂花有關的，如桂花蒸糕、桂花湯圓、桂花糖粥、桂花藕粉。桂花取勝不在花形、花色，而在味芬芳，又有食用價值，樸素無華。

廣西桂林因桂樹成林而得名。桂林到處是桂花樹，江畔、山腳、溪邊、人家的院子裡。桂花樹長得並不快，但根深葉茂，樹形不修而亭亭玉立，又不易招病蟲害，不需要肥沃的土質，是一種並不嬌貴的樹種。

桂林的桂花分金桂與丹桂兩種，金桂花色淡黃，味香遠而清雅。丹桂花色暗紅，味濃郁而持久。

桂林有一個地方特色的工廠叫芳香廠，已有好多年歷史了，不管外面的世界如何變化，芳香廠的產品都有銷路。工人不光不失業下崗，反而越過日子越好。這個工廠主要生產三種產品，一是桂花油，只有桂林才能提供大量的桂花原料。二是柚皮油，用的是桂林另一特產沙田柚的皮榨油。三是八角油，這也是桂林的特產之一。

芳香廠一年到頭香噴噴的，它不愁沒原料，更不愁銷路。桂林的桂花一年比一年盛，桂花樹很長壽，老樹新花，而新栽下的桂花樹轉眼又是一樹香氣四溢的桂花了。

在華盛頓州，我從來沒見到過桂花樹，也想從加州郵購一株樹種，可朋友們都說華州雨水太多，氣候冬天較寒冷，恐怕不適合。沒想到來聖荷西卻擁有了三株桂花樹。

打電話告訴媽媽桂花開了的消息，媽媽說你現在離我們更近了一些，既有桂花樹，那就聞著桂花香，藉著桂香夢回故鄉吧！

# 二

加州的樹木和華盛頓州的不同，華盛頓州非常簡單，樹一律是楓樹和松樹，除了這兩樣，別的樹種都不是種不活，就是種了也長不好。

楓樹又叫加拿大楓，在華州滿目即是。種下的小樹不到數年就長成了大樹。過去，美國流行橡木地板、橡木家具，現在橡木不太受人們歡迎了，人們開始喜歡輕巧秀逸，木紋細緻的楓樹。

在華州，人們用楓樹木材做地板，做廚房的廚櫃、做家具。夏天，楓樹一樹繁葉，可以遮陽。華州的大街小巷到處種有楓樹，楓樹越長得茂盛，城市的灰塵、噪音就越少。秋天，楓葉紅透了，滿山遍野，層林盡染。人們可以盡享楓葉帶來的美麗和驚喜。楓樹還可以流出楓糖漿，楓糖很好吃。華州的汽車加油站的櫃檯上常常擺著一塊塊大小不一的楓糖塊，咬一口，清香撲鼻，甜入心頭，是一種上等糖。

加州因天熱乾燥，楓樹、松樹都不多見。但可以見到高高大大的棕櫚樹，很有些熱帶風光了。

加州的樹木不如華州的茂盛，畢竟屬於沙漠地貌。人家院中少見蘋果等果樹，柑橙倒很多。奇怪的是加州的玫瑰並不亞於華州，加州的玫瑰品種特殊，長成一株株玫瑰樹，花期長，華州的玫瑰一過九月立即凋謝，而加州的玫瑰因氣候關係，據說可以開到十一月中旬呢！

華州人家家都有草坪，寬大的前後花園。就是收入低下的勞工階層，也都能購下一棟房子，而房子的前後一定會有花園。

來到矽谷，才知道擁有一個前後花園是較有錢的人家才能達到的生活夢想，在寸土寸金的矽谷，房價已排名世界之最。擁有一座花園對許多人來說都不是一件指日可待的事。

那日去逛超市，發現超市中的花草比華州多得多，許多人在超市買盆花、草，甚至小樹。一對印度來的青年夫婦告訴我，他們在陽臺上營造花園，的確，都市人的花園在窄小的陽臺上。

那麼，連一個陽臺都無法擁有的人呢？很簡單，花園就建在那一塊容得下花花草草的心靈深處吧！

有了花，有了草，有了樹，還愁找不到一處花園安置它們嗎？

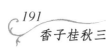

# 炊煙人家

我最喜歡獨自駕車，沿著哥倫比亞河畔的一條山間小道，去看傍晚人家的炊煙。

我們這遍地是松林，老松、新松交雜，幾乎家家戶戶都有一個燒木頭的壁爐，院子裡有一間柴房，堆著大塊、大塊的松木塊。

松木燒起來很香，噼啪作響，還滋冒松煙油。僻遠一點的地方，還用火爐做飯，那就是炊煙了。

我就這樣駕著車，去看傍晚人家的炊煙。

很想停下車來，敲門入內，去看一下那炊煙人家的食桌，是不是有魯迅先生在小說〈風波〉中描寫的七斤家的傍晚食桌上的松黃花的米飯、烏黑的蒸乾菜，不會有的，想到這，我的心惆悵起來了。

日本倒有。有一年我與朋友山本太太一同到鹿兒島的林田溫泉去玩，山間炊煙繚繞，我們為了那炊煙實在可愛，便提前下車，徑自朝林中一家走去。開門的是一位獨居的老婦人，她掛出了牌子，供應過路旅人的晚餐，一人交九百日圓就好。那一天，我們吃了交摻著粟米的松花黃米飯，也吃了烏黑的蒸乾菜，喝了大醬湯，飯菜很普通，但彷彿嗅到了炊煙的香味，這使我想起了我的故鄉。

小時候，我家也燒柴，我們也有炊煙飄蕩在微雨濛濛的春夜、冬夜。母親現在早已不燒柴了，可那縷縷童年時代的、來自老家的炊煙卻永遠縈繞在我中年的心頭。

我和山本太太吃完晚飯，又搭上了去林田溫泉的班車。一路上處處都是炊煙，摻合著山間的嵐氣和溫泉之鄉的特有的硫磺味道，那一夜覺得日本的炊煙神秘大於親切。

我們這裡的炊煙嚴格說起來並不可叫做炊煙，因為它主要不是用來燒飯，而是用來取暖，但那從人家高高低低的煙囪中飄蕩出來的煙霧，還是詩意盎然。

俗話說不食人間煙火，彷彿煙火代表著萬丈紅塵的俗世人生，可我看到的最潔淨的煙火卻總是在遠離塵世的地方，不知又該如何解釋了。

愛看傍晚人家的炊煙，那炊煙在我眼中是無限溫情。

# 橄欖樹

我們小時候家裡吃的往往是豬油，其實豬油炒菜很香。我也吃過母親幫我和妹妹們做的土法三明治，她把饅頭從中間剖開，夾入熱豬油，抹勻了，再撒上一把白糖，每天早上我們上學時揣在身上捨不得吃呢！

後來才知道豬油有多麼不好，於是便吃花生油、玉米油和菜油等植物油。在日本時，我們吃葵花子油比較多，日本的食用油十有八九是天皇太太父親的產業，叫日清油。

來到美國，我的美國鄰居太太勸我吃橄欖油，她把橄欖油吹得天花亂墜，叫我不要小氣捨不得，因健康可是悠悠大事，我並不動心，因我對橄欖油並不陌生，我和它的緣分大約是在三十年前就開始了，這可是青澀的青少年時代銘刻於心的如煙舊事。

我十三歲那年，班上來了兩姊妹，姊姊叫雨霖，妹妹叫雨霏，她們是雙胞胎，長得卻一點也不像。

她們沒有母親，跟父親生活，父親是林業研究所的研究員兼副所長，但當時她父親在研究所掃廁所，晚上住在牛棚裡。

林業研究所離學校很遠，有二十多里地，兩姊妹就住在學校，她們是唯一住校的學生。冬天冷，她們縮在一起，擠在一張稻草鋪的床上，用玻璃瓶裝了熱水取暖。

她倆常來我家玩，我也跟她們去過林業研究所，在一片大森林裡，那兒的樹都奇奇怪怪，是稀有品種。花也開得好看些。她父親的書堆得到處都是，都畫有樹的樣子，我就很愛看。問她倆媽媽去哪了？她倆說因爸爸出了問題，媽媽就走了，也可能嫁了別人，也可能沒嫁，管她呢！

中午我們去食堂買飯吃，看見她們的爸爸也在那兒買飯，脖子上吊了一個紙牌子，寫著反動學術權威的字樣，雨霖說這塊牌子比較輕，爸爸的脖子只需略略低一點就可以了，可有時戴的大木牌子就很沉重，頭抬不起來，脖子上有一道深印子。雨霖說很想幫爸爸把牌子扯下來，可又不敢。

他爸爸跟我笑了笑，我立即也衝他笑了笑。我覺得雨霖、雨霏和我是一種人，我們都是被人瞧不起的人家的孩子。

又過了兩年，我們已是十四歲的女孩子了，在學校依然被同學視成另類子女，連老師也覺得我們比別人更需要努力才能學好。

雨霖、雨霏有一回忽然朗朗地笑，又都做了新衣服。開家長會，她們的爸爸居然也來了，脖子上沒有牌子，只是依然很沉默的樣子。老師叫他趙所長，咦，難道官復原職了？

雨霖告訴我她爸爸「解放」了，不光解放了，還被「結合」了，又當了副所長，可以回家睡覺。薪水也恢復了，「我爸拿的錢是全研究所最高的！」雨霖說，「我爸是林學博士，留過洋呢！」她吹開了，我也覺得很興奮，我們是好朋友嘛！

雨霖有一天偷偷給我看她夾在書本中的幾片樹葉，淡綠色，像白霧蒙了一層，用手一摸，還頗有厚度。「這是什麼樹葉子？」我問。

「橄欖樹，阿爾巴尼亞來的，它是我爸的救命樹，你一定聽到電臺廣播了吧！阿爾巴尼亞的霍查總理送給周恩來總理一批橄欖樹，讓它在中國的土地上開花結果，榨橄欖油呢！周總理叫林業專家好好種它，當寶貝一樣愛護它。我爸是在歐洲留學回來的，我爸就懂橄欖樹呀！所以我爸接受了任務，專門負責種橄欖樹。我爸如今揚眉吐氣了，沒人再敢欺負我們了……」

我說：「要是你媽知道要後悔了，你看我媽多勇敢，她才不離開我爸和我們呢！」

雨霖說：「你媽好，我媽不好，她要回來我和妹妹不理她！」

可是，我知道雨霖的爸爸後來再婚，找了一個年輕、漂亮的女人，對兩姊妹並不好，不過，這是後話了。於是，我知道了橄欖樹，知道它改變了我少女時代好朋友一家的命運。

我跟著趙家姊妹去林業研究所看橄欖樹。

真是美麗的樹呀！藍天下，那一排排橄欖樹枝葉秀逸，我們在樹下跑呀、跳呀，雨霖還答應，等橄欖樹結果榨油了，一定讓我嚐一嚐。

我終於吃到了橄欖油，雨霖的爸爸親自送來我家的，媽媽捨不得用它來炒菜，而是做了土三明治給我們吃，哎呀，味道比豬油差多了。

從此，橄欖油就在我心中留下了味道不好吃的深刻印象。

再後來，中國跟阿爾巴尼亞關係惡化，有人要砍橄欖樹，雨霖的爸爸說要砍樹先砍他，樹自然沒砍，不過也就任它自生自長，不再那麼呵護了。

現在流行吃橄欖油了，不知那片橄欖樹如今何在？更不知雨霖一家如今怎樣？都是三十年前的舊事了，但願樹長青，人安好。

# 我的筆是我的槳

那時候，我還住在島國日本。

一個櫻花綻放，杜鵑啼血的春日，我從校長手中捧過一張證書。我的手微微抖了起來，我在這張被春風吹得像要騰空而去的證書上焦急的搜尋著，直到看到文學博士三十一號的字樣才安心。我在心中銘記下這一行文字，接著，又有人捧過一枚精工牌女錶，那上面刻著我的名字和再次重複文學博士三十一號的字樣，我伸出左腕，那穿著美麗和服的小姐替我扣上錶帶時微笑著說，「你辛苦了！」

就在這一瞬間，淚水浸透了眼前的一切。

我看見我在那家名叫千里香的日式火鍋店飛快地用力洗刷油漬累累的鍋子，剛從火上撤下來的火鍋被涼水一浸，嘩地一下昇騰起酸甜苦辣的白煙。我覺得右手一陣灼熱，正想看看，老闆娘的催促聲便叫了起來，「客人真多呀！幹巴努！幹巴努！（日文努力的譯音）鍋子接不上了！你真笨，真慢！」我不得不強壓下鑽入肺腑的疼痛，將雙手浸入泛著洗淨液泡沫的水中。

晚上一點多，我解下圍裙，推出自行車卻怎麼也扶不住把手，在昏暗的路燈下舉起右手一看，活生生地燙掉一層皮，一層肉！

第二天去火鍋店打工，老闆娘不允許我戴上膠手套洗鍋，「你舒服了，可隔著手套你怎麼知道鍋刷乾淨沒有？上面還有沒有油漬？把手套給我脫下來，我這有我的規矩，你不幹就滾！」

滾，怎麼滾？學費、生活費如重石在心，拉著我一點點沉下去，我只好把手套脫下，強忍著燒灼在肺腑的疼痛，將雙手浸入水中，飛快地動作起來，我看見水中泛起一股紅潮，流入我的人生，無論以後的歲月如何星換斗移，它都倔強地展示在那兒，提醒我千萬千萬不要輕忘……

我也看見遠去的家園，青山脈脈，浪濤起伏的沃野桑田。白髮的雙親牽著我那襁褓時就因我留學而不得不與我分離的孩子在向晚的黃昏中匆匆而行，晚霜橫野，沾濕了他們的衣褲，他們這是到那兒去呢？我這樣思忖著，心中一片牽掛。我多想伸出我的一雙並不厚重的手，把他們親親熱熱的攬入我的懷裡。

我還看見我昔日在故鄉站過的講臺，如今卻空空蕩蕩，只是校園中楊柳依舊，柳絮紛紛，追逐在青春年少的稚氣肩頭。我真的好內疚，我離開了你們，儘管我知道預定的課表還貼在窗前的桌上，甚至，銘刻在你們的心頭。

我覺得我的腳下一陣陌生，踏著的畢竟不是我的故土，春風調皮的起舞，像要奪走我的那張浸透著血和淚的學位證書。我立即定下神來，把它緊緊抓住，並貼在心口。我聽見我的心在自言自語，平時我總嫌它叨叨絮絮，挫傷我的志氣，今天我卻耐著性子，讓它道白。

「你失去了這麼多，現在你該用你手上的這張證書來索取了！」

那一年春天，我開始在女子大學任教。大學在筑紫山中，有春青的翠竹，麻石鋪就的小道彎彎曲曲，沿著它前行，就走入了山中的寺院，僧人穿著玄色的衣，用竹筒接山中流下來的山泉，斜風細雨中，打著油綠色紙傘的女大學生靜靜而行，我聽見我寂寞的聲音在教室中迴盪著，終於飄散在筑紫山中那千條萬條彎彎山路上，無影無蹤。

那一年暑假，我曾獨自遠行，到川端康成心儀的伊豆去。正是夏季，島上卻秋草萋萋，它顯然已提前走過四季，衰老了。

我在島上尋尋覓覓，迎面走來川端筆下那飽享黑潮和陽光饋贈，呈現著麥青膚色的溫淑女子，她們相信我是博多地方來的遊客，只因為我的日語中偶爾會有那鄉俗的博多方言，我倔強地一再擺頭，我說我是從海那一邊來的中國女子，她們說你走得真遠呀！你想家嗎？

家就這樣由她們的一句詢問再次橫陳在我隱祕的心頭，那以後的日子裡，只有一個主題在我耳邊一遍又一遍的吟唱，想家，我要回家。我果然回到了北京，那是夏天的尾聲，天空中已流動著秋的況味，香山的紅葉正在一尺一寸地積蓄著，要噴出一個層林盡染的秋景。我在大街小巷穿行，覺得親切得像兒時嗅到母親愛聞的茉莉花的滋味，安靜、安心、安詳、安全和安好。

在這座城市的西南角，我曾有一個溫暖的家，我在那結婚、育子，早上去柳林散步，傍晚去取孩子的牛奶，再買一份《北京晚報》，我在《北京晚報》上發表過一篇〈深巷明朝賣杏花〉的小文，人還沒到家，左鄰右坊就圍了上來，「我們都讀了，杏花，咱北京的杏花就是棒呢！」這就是家，它知道你的來龍去脈，與你一塊憂，一塊喜。

可是在北京逗留的日子裡，我突然覺得孤獨，往事如潮，日子在心中澎湃，毛寧的歌聲那時正在流行著，它一點一點抽走了我歸鄉的衝動和自信，「月落烏啼總是千年風霜，濤聲依舊不見當初的夜晚，今天的我怎能重複昨天的故事，這一張舊船票能否登上你的客船？」是啊！家散了，在北京我成了一個無家可歸的人，這次回來，我住在亮馬橋一家旅店，夜不能眠時，對著的是三元橋下那萬家燈火，我看著黎明中燈光一盞盞熄滅，覺得家原來早已離我遠去……

我又回到了博多，重複過去的日子。去博多灣聽松吟，踏著月色去箱崎吃元祖拉麵，歸來的路上會特意繞道那兩邊都是肥碩桑園的小道上，採一顆熟透了的桑椹含在口中，又甜又澀的滋味便爬滿了心頭。

後來，家聲出現在我寂寞的日子裡，為了我們的結合，我追隨他來到了美國，我們在聖海倫斯火山下，在哥倫比亞河邊安下了新家，白山青流成了我家窗前一道永恆的風景。

在小城住了五年，我們來到了萬丈紅塵的矽谷，我們在矽谷的兩年裡，親眼看到矽谷的高潮和九一一事件後矽谷的驟然衰落，可是，不管外面的世界怎樣，我的小世界依然如故。靜靜的書桌上，一排排的中文書像好朋友般的陪伴著我。我伏在桌上寫呀，寫呀，像伏在夜濤翻騰的大海上，我的筆是我的槳，我的紙是我的帆，我的心是我的舵，我用祖宗傳下來的文字在異國天地編織通向故鄉的彩虹，每一個文字都飽含我思鄉的深情厚意，我的筆連著我的鄉土，我的華人血脈，我就這樣親近了我的精神的原鄉。

所以，我在寫，無比勤奮的寫。只要握住我的筆，我就是個精神富有的幸福女人，筆如同一根從我的心臟搭出來的血脈，把我和讀者連在一起，使我的心臟起勁的搏動著，如此年輕。

我要感謝三民書局所有為本書辛勞工作過的朋友，沒有他們的幫助，我不可能出版這本書，這是我在三民書局出版的第六本書，每一本書都是我生命中的無限歡樂。

是為後記。

二〇〇二年七月二十六日於矽谷

# 三民叢刊書目

①邁向已開發國家　孫　震著
②經濟發展啟示錄　于宗先著
③中國文學講話　王更生著
④紅樓夢新解　潘重規著
⑤紅樓夢新辨　潘重規著
⑥自由與權威　周陽山著
⑦勇往直前
　・傳播經營札記　石永貴著
⑧細微的一炷香　劉紹銘著
⑨文與情　琦　君著
⑩在我們的時代　周志文著
⑪中央社的故事（上）
　・民國二十一年至六十一年　周培敬著
⑫中央社的故事（下）
　・民國二十一年至六十一年　周培敬著
⑬梭羅與中國　陳長房著
⑭時代邊緣之聲　龔鵬程著
⑮紅學六十年　潘重規著
⑯解咒與立法　勞思光著
⑰對不起，借過一下　水　晶著
⑱解體分裂的年代　楊　渡著
⑲德國在那裏？（政治、經濟）
　・聯邦德國四十年　郭恆鈺　許琳菲等著
⑳德國在那裏？（文化、統一）
　・聯邦德國四十年　郭恆鈺　許琳菲等著
㉑浮生九四
　・雪林回憶錄　蘇雪林著
㉒海天集　莊信正著
㉓日本式心靈
　・文化與社會散論　李永熾著
㉔臺灣文學風貌　李瑞騰著
㉕干儛集　黃翰荻著

26. 作家與作品　謝冰瑩著
27. 冰瑩書信　謝冰瑩著
28. 冰瑩遊記　謝冰瑩著
29. 冰瑩憶往　謝冰瑩著
30. 冰瑩懷舊　謝冰瑩著
31. 與世界文壇對話　鄭樹森著
32. 捉狂下的興嘆　南方朔著
33. 猶記風吹水上鱗
    ・錢穆與現代中國學術　余英時著
34. 形象與言語
    ・西方現代藝術評論文集　李明明著
35. 紅學論集　潘重規著
36. 憂鬱與狂熱　孫瑋芒著
37. 黃昏過客　沙　究著
38. 帶詩蹺課去　徐望雲著
39. 走出銅像國　龔鵬程著
40. 伴我半世紀的那把琴　鄧昌國著
41. 深層思考與思考深層　劉必榮著
    ・轉型期國際政治的觀察
42. 瞬　間　周志文著
43. 兩岸迷宮遊戲　楊　渡著
44. 德國問題與歐洲秩序　彭滂沱著
45. 文學關懷　李瑞騰著
46. 未能忘情　劉紹銘著
47. 發展路上艱難多　孫　震著
48. 胡適叢論　周質平著
49. 水與水神
    ・中國的民俗與人文　王孝廉著
50. 由英雄的人到人的泯滅
    ・法國當代文學論集　金恆杰著
51. 重商主義的窘境　賴建誠著
52. 中國文化與現代變遷　余英時著
53. 橡溪雜拾　思　果著
54. 統一後的德國　郭恆鈺主編
55. 愛廬談文學　黃永武著
56. 南十字星座　呂大明著
57. 重疊的足跡　韓　秀著
58. 書鄉長短調　黃碧端著

59 愛情・仇恨・政治　朱立民著
・漢姆雷特專論及其他
60 蝴蝶球傳奇　顏匯增著
・真實與虛構
61 文化啓示錄　南方朔著
62 日本這個國家　章陸著
63 在沉寂與鼎沸之間　黃碧端著
64 民主與兩岸動向　余英時著
65 靈魂的按摩　劉紹銘著
66 迎向眾聲　向陽著
・八〇年代臺灣文化情境觀察
67 蛻變中的臺灣經濟　于宗先著
68 從現代到當代　鄭樹森著
69 嚴肅的遊戲　楊錦郁著
・當代文藝訪談錄
70 甜鹹酸梅　向明著
71 楓香　黃國彬著
72 日本深層　齊濤著
73 美麗的負荷　封德屏著
74 現代文明的隱者　周陽山著
75 煙火與噴泉　白靈著
76 七十浮跡　項退結著
・生活體驗與思考
77 永恆的彩虹　小民著
78 情繫一環　梁錫華著
79 遠山一抹　思果著
80 尋找希望的星空　呂大明著
81 領養一株雲杉　黃文範著
82 浮世情懷　劉安諾著
83 天涯長青　趙淑俠著
84 文學札記　黃國彬著
85 訪草（第一卷）　陳冠學著
86 藍色的斷想　陳冠學著
・孤獨者隨想錄
87 追不回的永恆　彭歌著
A・B・C全卷
88 紫水晶戒指　小民著
89 心路的嬉逐　劉延湘著

| | | |
|---|---|---|
| ⑫⑧ | 古典到現代 | 張 健著 |
| ⑫⑨ | 帶鞍的鹿 | 虹 影著 |
| ⑬⓪ | 人文之旅 | 葉海煙著 |
| ⑬① | 生肖與童年 | 小 民著<br>喜 樂圖 |
| ⑬② | 京都一年 | 林文月著 |
| ⑬③ | 山水與古典 | 林文月著 |
| ⑬④ | 冬天黃昏的風笛 | 呂大明著 |
| ⑬⑤ | 心靈的花朵 | 戚宜君著 |
| ⑬⑥ | 親 戚 | 韓 秀著 |
| ⑬⑦ | 清詞選講 | 葉嘉瑩著 |
| ⑬⑧ | 迦陵談詞 | 葉嘉瑩著 |
| ⑬⑨ | 神 樹 | 鄭 義著 |
| ⑭⓪ | 琦君說童年 | 琦 君著 |
| ⑭① | 域外知音 | 張堂錡著 |
| ⑭② | 遠方的戰爭 | 鄭寶娟著 |
| ⑭③ | 留著記憶・留著光 | 陳其茂著 |
| ⑭④ | 滾滾遼河 | 紀 剛著 |
| ⑭⑤ | 王禎和的小說世界 | 高全之著 |
| ⑭⑥ | 永恆與現在 | 劉述先著 |
| ⑭⑦ | 東方・西方 | 夏小舟著 |
| ⑭⑧ | 嗚咽海 | 程明琤著 |
| ⑭⑨ | 沙發椅的聯想 | 梅 新著 |
| ⑮⓪ | 資訊爆炸的落塵 | 徐佳士著 |
| ⑮① | 沙漠裡的狼 | 白 樺著 |
| ⑮② | 風信子女郎 | 虹 影著 |
| ⑮③ | 塵沙掠影 | 馬 遜著 |
| ⑮④ | 飄泊的雲 | 莊 因著 |
| ⑮⑤ | 和泉式部日記 | 林文月譯・圖 |
| ⑮⑥ | 愛的美麗與哀愁 | 夏小舟著 |
| ⑮⑦ | 黑 月 | 樊小玉著 |
| ⑮⑧ | 流香溪 | 季 仲著 |
| ⑮⑨ | 史記評賞 | 賴漢屏著 |
| ⑯⓪ | 文學靈魂的閱讀 | 張堂錡著 |
| ⑯① | 抒情時代 | 鄭寶娟著 |
| ⑯② | 九十九朵曇花 | 何修仁著 |
| ⑯③ | 說故事的人 | 彭 歌著 |
| ⑯④ | 日本原形 | 齊 濤著 |

| | | |
|---|---|---|
| 165 | 從張愛玲到林懷民 | 高全之著 |
| 166 | 莎士比亞識字不多？ | 陳冠學著 |
| 167 | 情思・情絲 | 龔　華著 |
| 168 | 說吧，房間 | 林　白著 |
| 169 | 自由鳥 | 鄭　義著 |
| 170 | 魚川讀詩 | 梅　新著 |
| 171 | 好詩共欣賞 | 葉嘉瑩著 |
| 172 | 永不磨滅的愛 | 楊秋生著 |
| 173 | 晴空星月 | 馬　遜著 |
| 174 | 風　景 | 韓　秀著 |
| 175 | 談歷史　話教學 | 張　元著 |
| 176 | 兩極紀實 | 位夢華著 |
| 177 | 遙遠的歌 | 夏小舟著 |
| 178 | 時間的通道 | 簡　宛著 |
| 179 | 燃燒的眼睛 | 簡　宛著 |
| 180 | 月兒彎彎照美洲 | 李靜平著 |
| 181 | 愛廬談諺詩 | 黃永武著 |
| 182 | 劉真傳 | 黃守誠著 |
| 183 | 天涯縱橫 | 位夢華著 |
| 184 | 新詩論 | 許世旭著 |
| 185 | 天　譴 | 張　放著 |
| 186 | 綠野仙蹤與中國 | 賴建誠著 |
| 187 | 標題飆題 | 馬西屏著 |
| 188 | 詩與情 | 黃永武著 |
| 189 | 鹿　夢 | 康正果著 |
| 190 | 蝴蝶涅槃 | 海　男著 |
| 191 | 半洋隨筆 | 林培瑞著 |
| 192 | 沈從文的文學世界 | 王繼志、陳　龍著 |
| 193 | 送一朵花給您 | 簡　宛著 |
| 194 | 波西米亞樓 | 嚴歌苓著 |
| 195 | 化妝時代 | 陳家橋著 |
| 196 | 寶島曼波 | 李靜平著 |
| 197 | 只要我和你 | 夏小舟著 |
| 198 | 銀色的玻璃人 | 海　男著 |
| 199 | 小歷史 | 林富士著 |
| 200 | 再回首 | 鄭寶娟著 |
| 201 | 舊時月色 | 張堂錡著 |

231

## 與阿波羅對話

韓秀 著

自遠方來，我在陽光的國度與阿波羅對話。秋日午後的愛琴海波光粼粼，反射生命的絕代風采。這裡是雅典，眾神的故鄉，世人的虛妄不過瞬眼，胸臆間卻永遠有激情在湧動。殿堂雖已頹圮，風起之際，永恆卻在我心中駐紮。

232

## 懷沙集

止庵 著

「樹欲靜而風不止，子欲養而親不待」作者將對逝去父親的感念輯成本書。其間除了父親晚年兩人對談的點滴外，亦不乏從日常不經意處，挖掘出文學、生活的真諦。作者樸實的文筆，在現代注重藻飾的文壇中像嚼蘿蔔，別有一股自然的餘味。

233

## 百寶丹

曾焰 著

百寶丹，東方國度的神奇靈藥，它到底有多神妙？身世坎坷的孤雛，如何在逆境中自立，成為濟世名醫？一部結合中國傳統藥理與鄉野傳奇故事的長篇小說，一段充滿中國西南邊疆民族絕代風情的動人篇章。

234

## 矽谷人生

夏小舟 著

生命流轉，人只能隨波逐流。細心體會、聆聽、審視才能品嘗出人生的況味。從中國到美國，從華盛頓到矽谷，傳統與現代，寧靜與繁華，作者以雋永的文筆，交織出大城市裡小人物不平凡的際遇和生活中發人省思的啟示，引領讀者品味異國人生。

235

## 夏志清的人文世界

殷志鵬 著

在自己的婚禮上，會說出「下次結婚再到這地來」的，大概只有夏志清吧！這位不在洋人面前低頭的夏教授，以其堅實的學術專業，將現代中國小說推向西方文學的殿堂，他蓄滿對生命的熱情，打了兩次精采的筆仗……快跟著我們一起走入他的人文世界吧！

236

## 文學的現代記憶

張新穎 著

五〇年代的臺港兩地，在自由風氣的帶動下，中外文學相互影響，激起了一連串美麗的浪花；或許你我置身其中，而無法全然地欣賞到這場美景，亦或未能躬逢這場盛宴，作者以局外人的角度，用精鍊的筆法為文十篇，細數這場文學史的發展。

237

## 女人笑著扣分數

馬瑩君 著

這是一本愛情的「解語書」，告訴您女人為何笑著扣分數。馬盈君，一位溫柔敦厚的作者，以她理性感性兼至的筆觸，探討愛情這一亙古的命題。在芸芸眾生中，為我們解剖女人內心最深處的想法，及男人的愛情語碼，帶領我們找到千古遇合的靈魂伴侶。

238

## 文學的聲音

孫康宜 著

聲音和文字是人們傳情達意的主要媒介，然而聲音已與時俱逝；動人的詩篇卻擲地有聲，如空谷迴響，經一再的傳唱，激盪於千古之下。本書作者堅持追尋文學的夢想，用心聆聽、捕捉文學的聲音，穿越時空的隔閡與古人旦暮相遇。

239

## 一個人的城市

黃中俊 著

重慶的山水、上海的學府、北京的藝室、深圳的商海……作者清雅的文字，記載生活脈絡裡的悲喜哀樂，其中又埋藏著時代進步的兩難，讓人耳目一新。在個人的愁緒裡瀰漫著文化變遷的滄桑感，讀這樣的書寫，彷彿能聞到人生跋涉的新泥芳香……

240

## 詩來詩往

向　明 著

逐著詩人的腳步，涵泳沉籍於文學溫厚勃鬱、神氣騰揚的繽紛世界中。軼事掌故精采而韻味無窮；文學批評深刻真摯而不尖削；作品剖析使人縱情浪漫綺想中幾欲漫滅……在古典與現代、東方與西方、批評及作品間交顯的文學，本書讓您一網打盡。

241

## 過門相呼

黃光男 著

敏感於事物變幻的旅者，洋溢著詩情的才華，細心捕捉歷史上的古拙韻味，透析了社會發展的步履，讓人宛如置身於包羅萬有的博物館裡。如果你厭倦了匆忙的塵囂，請翻開此書，讓典雅的文句浮載你到遠方，懷擁「過門更相呼，有酒斟酌之」的情境。

242

## 孤島張愛玲

蘇偉貞 著

張愛玲整個的生命就是從一座孤島到另一座孤島的漂流。在上海到美國之間，張愛玲在香港這座孤島的創作，承續了大陸時期最鼎盛的創作力道，是轉型到美國時期的過渡階段。藉由作者鍥而不捨的追索，為您剖析張愛玲這段時期小說的意涵及影響。

243

# 何其平凡

何凡　著

還記得那段玻璃墊上的日子嗎？在聯合報連續撰寫專欄逾三十年，當代臺灣最資深的專欄作家——何凡，以九十一歲的高齡，將這十年間陸續發表的文章集結成這本書。謙虛的他取其筆名的寓意，將這本小書命名為「何其平凡」，獻給品味不凡的——您。

244

# 近代人物與思潮

周質平　著

作者任教於美國普林斯頓大學東亞系，專研近代中國與胡適研究。書中篇章有民初民族主義澎湃的載道文學與林語堂性靈小品的對比，有美國九一一之後愛國主義與言論自由爭論的首尾起承……。在他筆下，近代人物與思潮，將如繪歷現於讀者面前。

245

# 孤蓬寫真

陳祖耀　著

在動亂的時代，未來二個字是無法寫落的，如風揚起的孤蓬，一任西東！是宿命的悲劇，作者生長在這樣的大時代，從逃土匪、抗日、剿共到大陸變色，隻身撤奔來臺，在無依的土地上，努力發芽、成長，至今巍然成蔭。其中酸甜鹹苦，請聽他娓娓道來……

246

# 史記的人物世界

林聰舜　著

兩千年前，司馬遷以絕妙的文才將人物的個別性典型化，同時在《史記》中蘊含許多別具創見的思想。今天，本書運用簡鍊的文字，重新演繹司馬遷筆下的人物，深入探究其文字下所寓含的真義，揭開《史記》的面紗，將帶我們一窺《史記》人物世界的堂奧。

247
## 美女大國

鄭寶娟 著

「美女本身就是個族裔，不管她來自哪個民族、哪個國家、哪個文化，美女這個族裔是獨立存在的，她們之間共有一套行為語碼……」一向冷眼觀察事物的鄭寶娟，這次將焦點放到「美女」上，有了如此的陳述，您還想知道更多知性的她對美女的更多看法嗎？

248
## 南十字星下的月色

張至璋 著

兩百多年前，英國人靠著南十字星的指引，來到澳洲這個最古老的大陸。兩百年後，華人從世界各地，移居到這個心目中的天堂。張至璋善於觀察人間世相，發現每個移民背後都有一根針！並以此為背景，為讀者道出移民背後的辛酸與省思！

249
## 尋求飛翔的本質

孟昌明 著

因為莫札特，我們得以聆聽天籟；因為梵谷，我們才能在星夜與麥田間感受生命。孟昌明以一個藝術學子的真誠，將鍾愛的藝術帶下神壇，拂去塵埃，還給讀者，還給生活。只因真正偉大的藝術家，不但是天上的星辰，自然的驕子，更應該是你我的朋友。

250
## 紅紗燈

琦君 著

在琦君的記憶中，懸掛著一盞外祖父親手為她糊的紅紗燈。無論哀傷或歡樂，似乎化在一片溫馨的燈暈裡，如今更轉作力量，給予她無限的信心與毅力。因為這紮紮實實的希望，引領著她邁步向前。敬邀同樣無法忘情舊事的你，一同進入搖曳燈的燈暈之下。

251
## 裂變
彭道誠　著

什麼年代了還有人寫章回小說？是的，繼《人禍》之後，著名的大陸劇作家彭道誠先生，接續前次未講完的太平天國故事，再度展現其說書人的本領，將故事的主線，浮動在歷史與小說之際，遊戲於寫實與迷幻之間，賦予章回小說新的魅力，推薦給愛看故事的您。

252
## 靜寂與哀愁
陳景容　著

去過國家音樂廳嗎？您可曾注意到大廳裡那幅臺灣少見的大型濕壁畫？畫家陳景容為您細數過去重要作品的點點滴滴，不論是前述的濕壁畫、門諾醫院的嵌畫或是平日創作的版畫、油畫、彩瓷畫等，彷彿讓您親臨創作現場，一同見證藝術的誕生。

253
## 與書同在
韓　秀　著

臺灣一年有多少本書面世呢？三──〇〇〇〇以上，沒錯！四個零。面對書山書海，您是否有不知該如何選書的困擾？與書生活在一起的作家韓秀，提供給愛書朋友們一份私房閱讀書單，帶領讀者超越時空的藩籬，進入書的世界裡。

254
## 用心生活
簡　宛　著

生活之於你，是否已如喝一杯無味的水，只是吞嚥，激不起大腦任何感動；有人卻不如此。簡宛以一顆平實真摯的心，不斷地於生活中挖掘出新的滋味，記錄她對朋友的關懷，旅途上的見聞感想，對世事的領悟與真情的感動，與您分享。

國家圖書館出版品預行編目資料

矽谷人生／夏小舟著.－－初版一刷.－－臺北市；三民，2002

面；　公分－－(三民叢刊；234)

ISBN 957-14-3612-7　(平裝)

855　　91013109

網路書店位址　http://www.sanmin.com.tw

© 矽　谷　人　生

著作人　夏小舟
發行人　劉振強
著作財產權人　三民書局股份有限公司
臺北市復興北路三八六號
發行所　三民書局股份有限公司
地址／臺北市復興北路三八六號
電話／二五〇〇六六〇〇
郵撥／〇〇〇九九九八──五號
印刷所　三民書局股份有限公司
門市部　復北店／臺北市復興北路三八六號
重南店／臺北市重慶南路一段六十一號
初版一刷　西元二〇〇二年九月
編　號　S 85545
基本定價　貳元捌角
行政院新聞局登記證局版臺業字第〇二〇〇號

有著作權・不准侵害

ISBN　957-14-3612-7　(平裝)